Reinhold Friedl

Tödliche Schriftrollen vom Nil

Originalausgabe – Erstdruck

Reinhold Friedl

Tödliche Schriftrollen vom Nil

Kriminalroman

Schardt Verlag Oldenburg

Bibliographische Information der *Deutschen Bibliothek*:
Die Deutsche Bibliothek verzeichnet diese Publikation in *Der Deutschen Nationalbibliografie*; detaillierte bibliographische Daten sind im Internet über *www.d-nb.de* abrufbar.

Titelbild: Ausschnitt aus einem Schiffsporträt im Besitz des Schifffahrtsmuseums Rostock, Galeasse HELENE, Aquarell von E.E. Schacht, 1828

Illustration: Volker Kuhnen

1. Auflage 2012

Schardt Verlag
Uhlhornsweg 99 A
26129 Oldenburg
Tel.: 0441-21 77 92 87
Fax: 0441-21 77 92 86
E-Mail: kontakt@schardtverlag.de
www.schardtverlag.de
Herstellung: Aalexx Buchproduktion GmbH, Großburgwedel

ISBN 978-3-89841-658-0

Nichts ist gewisser als der Tod,
nichts ungewisser als seine Stunde.

Anselm von Canterbury

Das größte Leiden ist nicht die Angst vor dem Tod,
sondern die Angst vor dem Leben.

Naguib Mahfouz

Wer weiss denn, ob das Leben
nicht Totsein ist und Totsein Leben?

Euripides

Kapitel 1

Untergehakt stiegen beide Männer die Auffahrrampe zur Deichkrone hinauf. Sie gaben sich gegenseitig Halt. Ihr Gastgeber hatte sie gewarnt, dass es nachts auf dem Deich stockdunkel wäre, was sie in überschwänglicher Laune nach der Feier eines runden Geburtstages als Kinderkram abgetan hatten. Die angebotene Taschenlampe hatten sie dennoch aus dem Atelier mitgenommen. Ihnen stand der Sinn noch nach einem Absacker in einem der Lokale auf der anderen Seite der Bucht, am besten verbunden mit einem kleinen Abenteuer. In ihrem Übermut verschwendeten die beiden wenig Gedanken daran, dass ihre Zeit als umschwärmte jugendliche Liebhaber einige Zeit zurücklag. Sie fühlten sich gut und waren sich sicher, dass die Welt auf sie wartete. Tat sie auch, aber anders als erwartet.

Bereits an den verriegelten Buden vor dem Deich mit den Aufschriften „Asia Imbiss", „Coffee Shop" und „Fischspezialitäten" hatte ihnen der Nordseesturm heftig in die volle Haarpracht und die graumelierten Bärte geblasen, was sie aber nur die wasserfesten Windjacken fester zuziehen ließ. Schließlich gehörten sie zu den Likedeelern, die heute einen der ihren kräftig gefeiert hatten. Nun war dies nicht die einstige Piratentruppe von Klaus Störtebeker und Godeke Michels gleichen Namens, sondern der lockere und immer anregende Künstlerstammtisch von Malern, Bildhauern und einigen Schreiberlingen, die sich im „Vasco da Gama" trafen, gelegentlich auch in ihren Ateliers und Galerien. An diesem Abend hatten sie ihre gemeinsame Ausstellung im Schleusenhaus in Neuhaus an der Oste ausgiebig Revue passieren lassen, die einhellig als erfolgreich und gelungen eingeschätzt wurde.

Auf dem Deich stemmten sich der Maler und der Journalist immer stärkeren Böen entgegen, die an der Biegung zur Grimmershörnbucht von peitschenden Güssen begleitet wurden. Am Denkmal für Jonathan Zeneck, den Urvater der Seetelegraphie, der von dieser Stelle aus 1899 und 1900 seine ersten funktelegraphischen Versuche durchführte, zogen sie sich die Kapuzen über. In diesem Augenblick rissen die schwarzen Wolken auf und ließen den nahezu vollen Mond durchscheinen. Der Maler und frühere Fahrensmann auf allen Weltmeeren blieb abrupt stehen, zog seinen Begleiter am Arm und wies zur Kugelbake, die als altes Seezeichen die Grenze zwischen Elbmündung und Nordsee anzeigt.

„Da. Das gibt's doch nicht“, brüllte er dem Journalisten gegen den Sturm ins Ohr. „Da stimmt doch was überhaupt nicht.“

Beide starrten zum dreißig Meter hohen, hölzernen Seezeichen, das gut einhundert Meter von ihnen entfernt vor der Nordsee in den Nachthimmel aufragte. Am unteren Querbalken zwischen den Stützpfeilern schwang etwas hin und her. Ohne weitere Worte stiegen sie auf der Seeseite von der Deichkrone zu einer aufgeschütteten Landzunge hinab und leuchteten den Sandboden mit der Taschenlampe aus. Vor der Bake blieben sie stehen, und der Maler ließ den Lichtstrahl nach oben gleiten.

Sie erstarrten und konnten nicht glauben, was sie sahen. Der Körper eines Menschen hing schwankend über ihren Köpfen vom Seezeichen herab, die ausgebreiteten Arme am Holzbalken befestigt. Es ließ sich nicht erkennen, ob es eine Frau oder ein Mann war, denn die Gestalt trug einen Tierkopf. Über der Kleidung flatterte ein weißer, mantelartiger Überwurf, darauf ein großes, rotes Kreuz, welches sich von der Mitte zu den Enden ausweitete. An der linken Seite des Überwurfes war ein roter Fleck zu erahnen, der sich tropfenartig nach unten zog.

Eine heftige Windböe schüttelte die Gestalt in der Höhe. Etwas fiel von oben herab, streifte die Schulter des Malers und blieb im Sand liegen. Der Künstler machte einen Sprung zur Seite, verharrte verkrampft einige Sekunden und hielt dann den Strahl der Taschenlampe zitternd auf den Gegenstand. Vor ihnen lag der Tierkopf. Es schien eine ausgehöhlte farbige Holzmaske zu sein, ähnlich einem Hunde- oder Wolfskopf. Der Lichtstrahl richtete sich nach oben, wo ein menschliches Antlitz mit wehendem Haarschopf zum Vorschein gekommen war.

Der Maler drängte zum Deich und rief etwas, was sich wie „Bloß weg hier!" anhörte. Der Reporter blieb stehen, und in ihm lief der innere Kampf zwischen Pietät und Professionalität ab. Er zog den Künstler zurück und wühlte in seiner Jackentasche.

„Halt den Lichtstrahl noch mal drauf! Auf beides."

Wie unter Hypnose folgte der Künstler seiner Anweisung und glaubte ein zweites Mal nicht, was er sah.

Der Reporter brachte seine Digitalkamera in Stellung, fuhr den Zoom aus und schoss eine ganze Serie. Der Künstler stöhnte auf und sah seinen Begleiter entsetzt an. „Das hätte ich nicht getan."

„Hätte auch zu lange gedauert, wenn du ihn gemalt hättest."

Auf der Landseite des Deiches suchten sie schnaufend Schutz unter einem Baum, und der Reporter zückte das Mobiltelefon. Er machte zwei Anrufe, erst die Redaktion, dann die Polizei.

Kapitel 2

Die Kugelbake und die zu ihr führende Landzunge wurden von Polizeischeinwerfern hell ausgeleuchtet. Das umliegende Gelände war weiträumig mit rot-weißem Polizeiband abgesperrt. Figuren in weißen Plastikanzügen machten sich an dem hölzernen Seezeichen zu schaffen und hatten eine Aluleiter angestellt. Andere schaufelten unterhalb des schwankenden Körpers scheinbar vorsichtig Sand in Plastiktüten. Ein Polizeifotograf schickte zusätzlich grelle Blitze über den Schauplatz und zum Fundort. Eine unwirkliche Szenerie, dachte der Reporter in einiger Entfernung, fehlt nur noch ein beschirmter Regisseur im Klappstuhl auf dem Deich, der durch ein Megaphon „Action“ ruft.

Der Künstler und der Journalist wurden von einem mittelgroßen Mann in Zivil in einen blau-silbernen Polizeibus gebeten. Der Kripomann wies mit einer Handbewegung zu einer Sitzbank und ließ sich auf der anderen Seite des fest installierten Tisches nieder, neben einer uniformierten jungen Polizeibeamtin. Er schälte sich aus seinem Regenmantel, strich sich über die nassen, dunklen Haare, die dunkelbraune Feincordjacke und die schwarzen Jeans. Er faltete die Hände vor sich auf dem Tisch.

„Ich bin Erster Hauptkommissar Karl Langner vom ZKD, dem Zentralen Kriminaldienst in Cuxhaven. Ich leite das erste Fachkommissariat, zuständig für Mord, Totschlag und Branddelikte. Das sage ich nur der Vollständigkeit halber für alle Beteiligten, denn Ihnen brauche ich mich nicht mehr vorzustellen, Herr Abendroth."

Amandus nickte und lächelte schwach.

Bei der Aufnahme ihrer Personalien erfuhr Amandus, dass sein Begleiter mit bürgerlichem Namen Albrecht Asmuss hieß. Er kannte ihn bisher nur unter seinem Künstlernamen Albertus Magnus und dem Spitznamen Albuss.

„Sie haben uns angerufen, Herr Abendroth", war mehr eine Feststellung als eine Frage. Amandus nickte wieder. „Dann berichten Sie doch mal bitte vom Verlauf Ihres Abends bis zur Auffindung des Toten."

Amandus gab einen ausführlichen Bericht von der Feier der Likedeeler, ihrem Gang zum Deich bis zum Aufscheinen des Mondes über der dunklen Kugelbake und ihrer schrecklichen Entdeckung. Albrecht Asmuss ergänzte einige Details, zögerte dann einen Augenblick und wandte seinen Blick zu Amandus' Jackentasche. Unter dem Tisch erhielt er einen Schlag von dessen Knie gegen seinen Oberschenkel – und schwieg.

„Sie sprachen davon, dass die Kugelbake zunächst im Dunkeln lag. Sind Sie sich da sicher? Sie wird als Touristenattraktion nämlich bei Dunkelheit immer angestrahlt."

Beide schüttelten den Kopf.

„Es war stockdunkel, bevor der Mond durchkam."

Die junge Polizistin beugte sich zum Kripobeamten und flüsterte ihm hinter vorgehaltener Hand etwas ins Ohr. Automatisch registrierte der Maler ihr klassisches Profil und den herrlichen blonden Pferdeschwanz.

„Aha. Danke. Sie könnten doch recht haben."

„Und dürften wir auch erfahren, warum?" kam sofort die Reporterfrage.

„Eigentlich behalten wir Ermittlungsergebnisse für uns, und das wird auch so bleiben. Aber nun gut, die KTU, also unsere Kriminaltechniker, haben eine Manipulation an der Stromversorgung festgestellt. – Kennen Sie den Toten?“ kam die nächste Frage unvermittelt.

„Wie sollten wir. Bei den Verhältnissen konnte man doch kein Gesicht erkennen.“

„Okay. Haben Sie sonst etwas Außergewöhnliches bemerkt?“

Amandus schüttelte den Kopf, Albrecht ebenfalls.

„Herr Abendroth, sehen Sie mir die Frage nach, aber was machen Sie nachts auf dem Deich in der Grimmershörnbucht, wo Sie doch an der Oste wohnen?“

„Na hören Sie mal, Herr Hauptkommissar“, empörte sich der Journalist. „Erstens ist dies ein freies Land. Zweitens bin ich Reporter, und wir haben Pressefreiheit. Drittens bin ich mit den Likedeelern seit einer Reportage über Bildende Kunst in der Region befreundet und kann feiern mit wem und wo ich will.“

„Schon gut, selbstverständlich. Ich hoffe nur, Sie haben alles gesagt, was Sie wissen und behalten nichts für eine Exklusiv-Story zurück. Mischen Sie sich bitte nicht wieder in unser Handwerk ein. Falls Ihnen noch etwas einfällt, rufen Sie mich einfach an. Das gilt für beide.“

Amandus schluckte eine heftige Entgegnung runter und antwortete betont sachlich: „Wir haben diesen entsetzlichen Fund sofort und korrekt gemeldet. Im Übrigen habe ich die Polizei bei ihrer Aufklärungsarbeit immer unterstützt.“

„In Ordnung, aber überlassen Sie die Aufklärung lieber uns. Das war’s dann erst mal. Halt, einen Moment noch. Unsere Pressestelle wird demnächst eine Pressemeldung hierzu rausgeben. Gehen Sie bitte aus ermittlungstaktischen Gründen in Ihrer Berichterstattung nicht darüber hinaus.“

Nicht ohne noch einmal die Pressefreiheit zu erwähnen, stimmte Amandus zu. Im Gehen drehte er sich zu Karl Langner um.

„Was halten Sie denn davon? Normalerweise hat ein Täter doch eher das Interesse, dass ein Mord nicht entdeckt und die Leiche nicht gefunden wird. Hier wird sie zur Schau gestellt. Und das in dieser Höhe, dazu gehört, mit der Bitte um Nachsicht, eine gehörige athletische Leistung. Das muss doch etwas zu bedeuten haben."

„Möglich. Wir arbeiten daran, und wenn wir Ergebnisse haben, die für die Öffentlichkeit bestimmt sind, werden Sie es erfahren."

Kapitel 3

Amandus Abendroth hatte sich entschieden, nicht im Gästezimmer des Malers zu übernachten. Es drängte ihn nach Hause. Im Lotsenviertel verabschiedete er sich von Albertus Magnus und ging zu seinem Wagen. Nach der verstrichenen Zeit, der Befragung durch die Polizei und dem anschließenden Gang um die Grimmershörnbucht gegen den drückenden Sturm, glaubte er, dies verantworten zu können. Albuss hielt ihn am Ärmel zurück.

„Einen Moment, ich muss dir noch was sagen."

„Ja, und was?"

„Bevor der Mond aufschien, glaubte ich trotz des Sturms etwas gehört zu haben."

„Was denn? Spuck's schon aus!"

„Ich bin mir nicht sicher, weil die Böen alle Geräusche wegrissen. Aber ich glaube aus Richtung der Kugelbake einen Bootsmotor gehört zu haben. Kann dir aber nichts Genaueres dazu sagen, obwohl ich sonst verschiedene Schiffsmotoren unterscheiden kann."

„Danke Albuss, auch für vorhin." Sie klopften sich auf die Schultern.

Nach einer guten halben Stunde parkte er seinen alten Benz vor dem ehemaligen Hadler Fährhaus. In dieses prächtige und geräumige Rotklinkergebäude mit Osteblick hatte er sich vor vielen Jahren auf Anhieb verliebt. Und es hatte günstig zum Verkauf gestanden. Kurz nach Bezug des altehrwürdigen Gasthauses hatte er zwei Ferienwohnungen ausbauen lassen, die der freie Lokalreporter zur Aufbesserung seines Zeilenhonorars vermietete. Die Feriengäste kamen überwiegend durch sein Inserat in der Anglerzeitung, die meisten aus Nordrhein-Westfalen. Wenn er Zeit hatte, schipperte er sie auch gerne mit dem tuckernden Boot zu versteckten Angelplätzen im Schilf der Ostebiegung.

Er schrieb gerne für den Oste-Kurier. Es gab aber auch Strecken der Monotonie, des Selbstzweifels und Gedanken an falsche Weichenstellungen im Leben des Journalisten. Zwischen den Lokalberichten über Schützenbrüder und -schwestern, Brieftaubenzüchter, Landfrauen, Bauernmärkte, Fischerfeste, Pappbootrennen und Gemeinderatssitzungen hatte er immer noch einen unauslöschbaren Traum: Auf die ganz große Story zu stoßen und sie an Land zu ziehen.

Dieser Wunsch richtete den etwas träge gewordenen, geschiedenen Mittfünfziger immer wieder auf, denn zweimal war es ihm schon gelungen. Er war eigentlich immer ein ganz ansehnlicher Junge gewesen, dessen Charme die Frauen mochten. Einst schlank gewachsene eins achtzig. In den letzten Jahren hatte sich der Taillenumfang zu einem Bauchansatz ausgeweitet, der sich nicht mehr verheimlichen ließ. Amandus Abendroth schätzte die ländliche und die Küstengastronomie beim Essen mit Freunden und geselligen Thekenschnacks.

Der einstige Dreitagebart war etwas länger und melierter geworden. Als Zugeständnis an ein modisches Outfit genügte ihm die neue randlose Brille, deren Gleitsichtgläser ihn allerdings diese Anschaffung schon bereuen ließen. Seine längeren dunklen Haare hatten während des Studiums Rebellion signalisiert, jetzt suggerierten sie eher die lässige Unabhängigkeit des Freiberuflers.

Amandus Abendroth nahm an seinem Schreibtisch im Obergeschoss Platz und durch das Fenster beiläufig die

Dämmerung über der Oste wahr. Er übertrug die Fotos von der Digitalkamera auf seinen Laptop. Die Bilder von der hölzernen Tiermaske am Boden überschlug er zunächst und betrachtete den hängenden menschlichen Körper an der Kugelbake. Zunächst mit Tierkopf, geschossen hinter Albuss' Rücken, ohne dass der es gemerkt hatte, dann ohne Maske. Er zoomte den Kopf heran – und stutzte. Es war ein Mann, und irgendwie kam er ihm bekannt vor. Er zoomte das Gesicht weiter heran und wieder zurück. Jetzt ahnte er, wer es war.

Amandus dachte nach. Der Name fiel ihm nicht ein. Beim letzten Maibaumaufstellen hatte er sich bei einem Glas Bier mit dem Ortsbrandmeister der Freiwilligen Feuerwehr über die neuesten Entwicklungen im Dorf unterhalten. Unter Frauen hätte man es Dorfklatsch genannt. Dabei hatte er erfahren, dass der Hof des alten Christian Janssen nun einem entfernten Verwandten aus Hamburg gehörte.

Das ganze Dorf war entsetzt gewesen, als der rüstige Christian in der Oste ertrunken und am Ufer bei Neuhaus angespült worden war. Niemand konnte es sich erklären, da Christian Janssen Land und Fluss wie seine Westentasche kannte. In den Polizei- und Behördenakten war es letztendlich als Unfall abgeheftet worden. Der Hamburger Verwandte sollte in der letzten Zeit häufiger auf dem alten Gehöft gewesen sein, immer allein. Im Dorf ließ er sich kaum blicken, gelegentlich sah man ihn in einem schwarzen Geländewagen der Marke Cayenne vorbeirauschen. Amandus hatte ihn als stets gebräunten etwa Vierzigjährigen in Erinnerung, immer ländlich leger gekleidet, aber in der edlen Ausführung. Die Bräunung war auf seinen Fotos allerdings in kalte Blässe übergegangen.

Der Lokalreporter hatte Blut geleckt. Nach einer Minute saß er in seinem alten, dunkelblauen Benz, mit unübersehbaren Zeichen der Zeit versehen, und fuhr am Deich entlang die zwei Kilometer bis zum Hof von Krischan Janssen, wie er immer noch von allen genannt wurde. Er hielt neben dem schwarzen Porsche Geländewagen mit dem Hamburger Kennzeichen. Amandus registrierte es automatisch, denn viele Hamburger mit Wohnungen in der Hansestadt und Häusern auf dem Land fuhren mit CUX-, STD- und ROW-Kennzeichen, um Kfz-Versicherung zu sparen. Manche auch, weil sie sich gerne ländlicher als das Landvolk gaben.

Amandus schritt auf die historisch wirkende Tür des Gehöfts zu und stellte fest, dass sie nicht abgeschlossen war. Er durchquerte die Diele mit prächtigen alten Bauernmöbeln und warf einen Blick in die angrenzenden Zimmer. Küche und Schlafzimmer machten einen ordentlichen, unauffälligen Eindruck. Das Wohnzimmer bildete einen erschreckenden Kontrast. Möbel waren umgeworfen, Schränke standen offen, und die Schubladen waren herausgezogen. Hier war offensichtlich etwas gesucht worden, notierte der Lokalreporter im Kopf. Aber was? Und war es gefunden worden?

So zügig und sorgfältig wie möglich untersuchte Amandus Abendroth das Chaos, konnte aber nichts finden, was ihm interessant erschien. Er wandte sich zum Gehen, als er einen Laut vernahm. Er hörte genauer hin. Der Laut kam aus der Richtung eines massiven, braunen Bauernschranks, verziert mit wunderschönem Schnitzwerk. Die Schranktüren standen offen, und er konnte darin nichts entdecken. Mit Anstrengung schob er das Möbelstück zur Seite und blickte auf eine tapezierte Wand. Dahinter musste sich ein weiterer Raum befinden, wie er an dem eingelassenen Drehgriff und den dunklen Rändern in Türform erkannte. Entschlossen öffnete er sie, und etwas schoss am Boden an ihm vorbei. Er ließ den rotbraunen Kater flüchten, betrat den fensterlosen Raum und schaltete das Licht an.

Er sah eine Art gemütliches Büro mit einem mächtigen Schreibtisch in der Mitte, der ihn magisch anzog. Zwischen einigen Büchern und Papieren fiel ihm eine DIN-A4 große Glasplatte auf. Bei genauerem Hinsehen waren es zwei, die ein offensichtlich altes Schriftwerk mit unbekannten Buchstaben oder Zeichen einschlossen, nicht viel größer als eine Handfläche. Dies fand Amandus interessant, auch wenn er keine Zeit damit verschwendete, sich das Fundstück näher anzusehen. Er steckte es in seine Umhängetasche. Ebenso wanderte ein darunterliegender Aktendeckel mit Papieren dem Fundstück hinterher.

Ein weiterer Gegenstand auf dem Schreibtisch erregte die Aufmerksamkeit des journalistischen Trüffelschweins aus der Provinz. Er ordnete es als staubigen Tondeckel ein, überzogen mit Resten von Spinnweben. Er berührte ihn nicht und überlegte. Bis auf das Chaos im Wohnzimmer waren die Wohnräume des Hofes tadellos sauber. Woher konnten also Staub und Spinnweben stammen? Es gab nur zwei Möglichkeiten, vom Dachboden oder aus der Scheune. Nachdem er auf dem Dachboden nicht fündig geworden war, ging er durch die viehlosen Stallungen, die an die Küche anschlossen, zur Scheune hinüber. Vorher war er mit seinen Schuhen in große Holzpantinen geschlüpft, die zwischen Küche und ehemaligem Viehstall standen.

Er wand sich zwischen Deutz-Treckern und dem wuchtigen Lanz-Bulldog hindurch, da eine angelehnte Holzleiter zum Obergeschoss ihn anzog. Zu recht, wie er befand, denn dicker Staub und Spinnweben empfingen ihn dort oben. Er blickte sich um und sah eine Spur in der grauen Schicht am Boden, die neuerer Natur sein musste. Sie führte ihn über Holzbohlen zu einer Tür und dahinter zu einer dunklen Kiste. Das Schloss ließ sich unschwer öffnen, was ihn nicht einmal sonderlich erstaunte.

Das Morgenlicht schien durch die Dachritzen und zeigte ihm einige mit grauer Schicht bedeckte Gegenstände, die er nicht einordnen konnte. Er erkannte aber auch zwei verschlossene Tonkrüge, teilweise zerbrochen, mit Spinnweben überzogen. In der anderen Hälfte der Kiste, durch eine hölzerne Zwischenwand abgetrennt, befanden sich weitere eingestaubte Gegenstände. Kurzentschlossen zog er die ganze Kiste zur Holzleiter, schätzte kurz die Gefahr ab und lud sich die Last auf die Schulter. Nachdem er einen Beinaheabsturz ausbalanciert hatte, kam er hustend, keuchend und schwitzend auf dem Erdboden an.

Eine innere Stimme signalisierte ihm, sich zu beeilen. Aus Erfahrung wusste er, dass der Zentrale Kriminaldienst Cuxhaven über fähige Polizeibeamte verfügte. Möglich, dass auch Karl Langner und sein Team inzwischen den Toten identifiziert hatten. Dann würden bald die örtlichen Hauptkommissare Fritjof Martens und Hans-Heinrich Drewes mit ihren zusammen zwölf silbernen Sternen auf den Schultern als Vorhut hier auftauchen. Er wuchtete die Kiste in seinen Kofferraum, warf die Umhängetasche auf den Rücksitz und machte sich vom Acker, wie er leicht amüsiert feststellte.

Kapitel 4

Am 6. August 1820 war die österreichische Brigantine *Il Filosofo* unter Kapitän Ducovich im Hafen von Triest segelfertig nach Alexandrien. Neben anderen Passagieren befanden sich einige Forschungsreisende an Bord. Der General, wie der Expeditionsleiter üblicherweise genannt wurde, sollte zwei Wochen später mit einem zweiten Schiff folgen, da er in Triest im Begriff war, die Ehe einzugehen. Die Schiffspassage zog sich durch einige schwere Wetter in die Länge, aber auch dadurch, dass der Kapitän einen mehrwöchigen Heimataufenthalt in seinem Geburtsort Castel Nuovo am Eingang des Kanals von Cattaro in der Boca di Cattaro einlegte. Die Forschungsreisenden nutzten den unfreiwilligen Aufenthalt zu ersten wissenschaftlichen Exkursionen.

Bei Annährung an den Hafen von Alexandrien wurde die Brigantine bereits aus weiter Ferne von den mit ihrer Barke heranschwimmenden Piloten mit beiden gen Himmel gerichteten Armen begrüßt. Bald darauf kletterten zwei kräftige Afrikaner an Bord und eilten zum Steuerruder. Der Kapitän und die Mannschaft wichen ihrem Händedruck aus. „Habt ihr die Pest in Alexandrien?“ war die erste Frage in der lingua franca. Sie wurde mit fröhlichem Lachen wiederholt verneint.

Am späten Abend dieses Tages notierte der Forschungsreisende bei Kerzenlicht in seinem Reisetagebuch, welchem er den vorläufigen Arbeitstitel „Naturgeschichtliche Reisen durch Nord-Afrika und West-Asien in den Jahren 1820 bis ..." gab:

An Land wurden wir von einem Haufen schwarzer und brauner, meist nackter Araber umringt, die bald anfingen, sich mit großem Geschrei um das Tragen der Effecten zu prügeln. Mit Mühe entrissen wir einigen die schon aufgepackten Koffer wieder, bis die Douane befriedigt war. Ein Janitschar des Consulats half uns, die Candidaten zum Lasttragen etwas im Zaun zu halten.

Umringt von schwarzbraunen, bärtigen und nackten, fremdartigen Gestalten, hatten wir uns zunächst mit dem Capitain zum österreichischen Consul, Herrn Champion, begeben, an welchen wir durch Vermittlung des Directors des Kaiserlichen Naturhistorischen Museums in Wien eine specielle Empfehlung Sr. Durchlaucht des Herrn Fürsten Metternich erhalten hatten. Wir wurden sehr gütig aufgenommen, und der Herr Consul war so zuvorkommend, uns Wohnung in seinem Hause anzubieten. Der Königl. Preußs. Consul war verreist, ebenso der französische General-Consul. Herr Champion wies uns und unserm Gepäck sogleich ein geräumiges, ganz orientalisch einfaches Zimmer an, d. h. vier kahle Wände. Bald waren wir höchst einfach eingerichtet und erhielten einige Besuche angesehener Europäer. – Umlegen der Pflanzen in trockenes Papier, Führung des Tagebuches und Ordnen unserer Utensilien füllte den ersten Tag vollends aus.

Die Forschungsreisenden hatten bereits einige Exkursionen unternommen und kehrten an diesem Tage von der Pompejussäule zu ihrer Unterkunft im Frankenviertel Alexandriens zurück. Als sie etwas geruht hatten und im Begriff waren, ihre neuen Erkenntnisse niederzuschreiben, traf ein reich gekleideter Mameluck begleitet von zwei arabischen Dienern ein. Im Auftrag des ersten Ministers Boghos Jussuf wurde ihnen die Einladung zu einer Audienz bei Mehemed Ali Pascha überbracht. Sie waren sich der Ehre bewusst, denn er war der Herrscher und Befehlshaber über Ägypten, Nubien und Dongola, auch Vizekönig des schwachen Gouvernements in Konstantinopel, dessen Interessen er immer mit eigenen Plänen in Einklang bringen konnte.

Im Vorsaale des offenen Audienzzimmers befanden sich nach Eindruck der europäischen Wissenschaftler Crethi und Plethi, und zuweilen nahmen sie einen solchen Zwist und Lärm wahr, dass sie vergaßen, in der Nähe des mächtigen Paschas zu sein. Seine Mamelucken waren scheinbar die einzigen Personen, welche ihn als Leibwache umgaben, mochten hier allerdings mehr die Stelle der Bedienten zu vertreten. In den Zugängen zum äußeren Palastraum wie auch zum Divan war kein Militär sichtbar.

Hinsichtlich der Etikette hatten die Forschungsreisenden erfahren, dass die Untergebenen des Paschas vor ihm zu stehen hatten. Nur Personen von Distinktion wie Religionschefs und nicht in seinen Diensten stehende reiche Privatiers wie Europäer wurden durch den Dolmetscher angewiesen, sich auf dem ihm gegenüber befindlichen Divan niederzusetzen. Mehr noch zeichnete er sie aus, wenn ihnen Kaffee serviert wurde. Nur vertrauten Personen von Auszeichnung wie Consuln ließ er eine Pfeife reichen. Die höchste Auszeichnung bestand darin, den Platz auf seinem Divan neben ihm angewiesen zu bekommen, wie es später dem General zukam. Nur im letzteren Falle pflegte er sich beim Gruß leicht zu erheben. Am Abend notierte der Naturforscher in seinem Tagebuch:

Als wir von Herrn Boghos Jussuf eingeführt wurden, begrüßste uns der Pascha, und jener das erste Dolmetscher-Amt verwaltende Minister lud uns ein, uns dem Pascha gegenüber auf den Divan zu setzen. Der Pascha saßs im Kaftan auf seinem Divan am Fenster gegen den Hafen, hatte ein englisches Fernrohr neben sich und rauchte aus einer türkischen Pfeife. Wir waren in Mamelucken-Kleidung mit rothem Djibé, Turban und langen Bärten, und es war natürlich, daßs der Pascha, dem man von uns schon oft erzählt hatte, uns zuerst fragen ließs, wie wir uns in dieser Kleidung gefielen, und warum wir nicht unsere europäischen Kleider beibehalten hätten, dessen Gründe, um nämlich weniger die Neugierde und den Spott des arabischen Volkes zu erregen, wir ihm auseinandersetzten. Unser Dank für seine Schutzbriefe veranlaßste die Frage, ob wir überall gut aufgenommen worden wären, und eben nahe lag die Frage, ob wir edle Metalle im Lande beobachtet hätten, wogegen wir auf ein von uns entdecktes, nutzbares, reichhaltiges Eisenlager aufmerksam machten. Er ließs uns darauf durch Herrn Boghos sagen, daßs er unsere Anwesenheit in Alexandrien immer gern sähe.

Während des Gesprächs ward uns Kaffee präsentiert. Herr Boghos stand neben dem Pascha, und bei ihm auf demselben Divan saßs Nedjib Effendi, der Gesandte aus Constantinopel, welcher die jüngste, zweijährige Tochter des Pascha auf dem Schooßse hatte. Herr Ismael Gibraltar, der Admiral der Flotte, war ebenfalls zugegen, mischte sich zuweilen in das Gespräch und setzte sich ohne Ceremonie neben uns. Eine so höchst einfache öffentliche Hofhaltung erwarten Europäer freilich nicht in einem türkischen Reiche. Ungezwungene Anspruchslosigkeit ist ein Charakter aller orientalischen Höfe, nur vielleicht Constantinopel ausgenommen, und die Einfachheit des Divans steht im Orient ganz gewöhnlich in groẞsem Contrast mit der Pracht des Harems und dem verborgenen Reichthum und dem Ehrgeiz des Hauses.

Kapitel 5

Amandus fuhr die Kreisstraße am Deich entlang und war gespannt, was seine Funde ihm erzählen würden. Linkerhand entdeckte er seinen Freund Wigbert, der auf der Weide mit einigen Kühen und Kälbern beschäftigt war. Er stoppte den Benz mitten auf der Straße, stieg aus, sprang über einen Graben und trat an den Weidezaun heran. Nach einem kurzen Schnack über die Viehzucht und das Wetter, fragte er den Bauern in Gummistiefeln und Arbeitszeug: „Sag mal, Wigbert, kennst du eigentlich den neuen Besitzer von Krischan Janssens altem Hof?“

„Nö, ich kümmer mich nicht um anderer Leute Angelegenheiten.“

„Ja, in Ordnung, versteh ich. Aber irgendwas wirst du doch mal gehört oder gesehen haben?“

„Na ja, vor ein paar Wochen kam er hier mal zu Fuß an. Er hatte sich im matschigen Rasen neben der Scheune auf Krischans Hof mit seinem Wagen festgefahren. Er fragte, ob ich ihn mit dem Trecker rausziehen könnte.“

„Und? Hast du?“

„Klar, Nachbarschaftshilfe ist hier doch selbstverständlich. Jedenfalls solange man mit denen keinen Ärger hat.“

„Dann hast du also seinen schwarzen Geländewagen rausgeholt?“

„Nö, das war ein großer blauer Lieferwagen, einer von den idiotisch schnellen Sprintern. Der schien ziemlich schwer beladen zu sein und steckte richtig fest. Aber der Lanz schafft alles."

„Und hat er was sich von sich erzählt? Was er so macht?"

„Nö, er hat mir nur zwanzig Euro angeboten. Die hab ich auch genommen. Und später ins Sparschiff für die Gesellschaft zur Rettung Schiffbrüchiger im Ostekrug gesteckt." Er lächelte schelmisch.

„Und weißt du, wie er heißt und was er macht?"

„Er hat wohl seinen Namen gesagt, aber den hab ich wieder vergessen. Klang so ähnlich wie deiner, aber doch anders. Krischan hatte mir aber mal von seinem Großneffen Wolf erzählt. Von dem hatte er ewig nichts gehört. Dann tauchte er vor einiger Zeit auf und kam dann immer öfter. Ich glaube, dass Krischan sagte, er wäre Kaufmann in Hamburg, also so ne Art Pfeffersack. Genaues weiß ich aber nicht. Krischan freute sich, da er allein war. Und dann war Krischan plötzlich tot, und dem Großneffen gehörte der Hof. Aber warum willst du das alles wissen?"

Amandus überlegte gerade, ob er Wigbert erzählen sollte, dass nun auch der Großneffe tot war, als sich vom Dorf ein silber-blaues Polizeiauto zügig näherte. Amandus verabschiedete sich schnell und wandte sich zu seinem Wagen, als die Polizei bereits neben seinem alten Benz hielt.

Die haben mir gerade noch gefehlt, dachte Amandus. Die beiden Dorfsheriffs aus dem Nachbarort, dank Polizeireform inzwischen beide Hauptkommissare. Hans-Heinrich Drewes ließ das Seitenfenster auf der Beifahrerseite herunter, Fritjof Martens blieb hinter dem Steuer sitzen. Scheinbar haben sie keine Zeit, stellte Amandus fest, denn sonst wären sie ausgestiegen. Drewes steckte den Kopf mit dem akkurat gekämmten, spärlichen Haarkranz aus dem Fenster.

„Das war ja wohl nichts, Herr Abendroth. Das verstößt gegen die Straßenverkehrsordnung, wie Ihr Auto dort steht."

„Das war eine Notbremsung“, antwortete Amandus. „Denn ich bremse auch für Schafe, mein lieber Heiner.“ Er nannte Hans-Heinrich jetzt beim Rufnamen, wie er von alten Freunden und Bekannten benutzt wurde.

„Und wo ist das Schaf? Und wieso stehst du dort am Zaun?“ blaffte der Polizeibeamte.

„Das Schaf ist wieder auf dem Deich.“ Er wies mit dem Arm nach oben, wo ihnen zwölf Exemplare kauend mit Schafsblick entgegen sahen. „Durch die Lücke im Zaun dahinten, die natürlich schnellstens geflickt werden müsste. Das wollte ich Wigbert nur eben sagen.“ Dieser drehte sich grinsend zu seinem Vieh um.

„Geschenkt, Mandus, verarschen können wir uns alleine.“

Hauptkommissar Hans-Heinrich Drewes wollte das Fenster schon wieder hochlassen, als ihm sein Kollege Martens mit Blick auf Amandus’ Wagen etwas mitteilte. Drewes nickte.

„Hör mal zu. Woher kommst du aus dieser Fahrtrichtung?“

„Ich hab nur da vorn in Wigberts Hofeinfahrt gewendet.“

„Ach nee. Aber wir müssen weiter. Wir sprechen uns noch.“

Zwei Autos fuhren in entgegengesetzter Richtung davon. Amandus überlegte, was die Frage nach der Fahrtrichtung bedeuten konnte. Man durfte die Dorfsheriffs nicht unterschätzen. Sie waren clever und überhaupt nicht auf den Kopf gefallen. Hatte die Kripo in Cuxhaven den Toten bereits identifiziert? Hatte Karl Langner mit ihnen telefoniert und sie als örtliche Vorhut zum Hof von Krischan Janssen geschickt?

Amandus parkte vor seinem Hadler Fährhaus und verstaute die Kiste mit den Fundstücken in einem Nebenraum des Kellers. Zufrieden registrierte er die angenehme Temperatur und völlige Trockenheit, dank der neu installierten Heizung.

Kapitel 6

Amandus Abendroth saß in seinem Arbeitszimmer und blickte aus dem Fenster auf die leichten Wellen der Oste. Der Kultdampfer Mocambo zog mit einer kleinen Bugwelle vorbei Richtung Sperrwerk. Vor sich hatte er den Oste-Kurier liegen mit der Schlagzeile „Mysteriöser Leichenfund am Cuxhavener Wahrzeichen Kugelbake“. Ähnlich hatten auch die anderen Blätter in der Region den Bericht überschrieben, allerdings nicht auf Seite eins. Selbst die Bremen- und Hamburg-Ausgaben des blutroten Blattes mit den vier großen Buchstaben waren dabei. Mit meinen Fotos hätten die sicher bundesweit Schrecken und Entsetzen verbreitet, grinste der Lokalreporter. Sie hatten noch eine Spekulation angefügt und dies dann mit einem Fragezeichen versehen.

Alle Redaktionen hatten sich an der dürftigen und detailarmen Pressemitteilung der Cuxhavener Polizei orientiert, auch der Oste-Kurier. Die anderen Medien wussten ja auch nicht mehr, lächelte Amandus. Natürlich hatte er die eigenen Erkenntnisse vom Nordseestrand mit seinem Chefredakteur besprochen und von Uwe Rother den Auftrag erhalten, an der Geschichte dranzubleiben. Das hatte er gerne akzeptiert. Als kryptischen Fingerzeig hatte sich der Oste-Kurier als einzige Zeitung das Wort „Mysteriös“ in der Überschrift gegönnt, was aus der Mitteilung der Polizeipressestelle nicht hervorging.

Amandus packte das in Glas gefasste Stück mit den fremdartigen Zeichen und den Aktendeckel mit den Papieren von Krischan Janssens Hof in eine kleine Abseite unter dem Dach und verschloss die niedrige Tür. Bei allem Interesse musste das nun warten. Er stieg die Treppe hinunter und betrat die Küche mit den blau-weißen Kacheln an den Wänden und dem großen Holztisch in der Mitte. Er blickte auf die große runde Uhr an der Wand und amüsierte sich wieder einmal darüber. Sie zeigte nicht nur die mitteleuropäische Zeit an, sondern auf kleineren Ziffernblättern auch die Uhrzeiten von New York, Tokyo und Sidney. So viel Weltläufigkeit musste sein, in einem kleinen niedersächsischen Dorf.

Der Blick in den Kühlschrank war enttäuschend, wie sooft. Nur ein Rest Margarine, ein Klacks Orangenmarmelade und zwei Scheiben Schwarzbrot in Zellophanhülle. Seine Haushaltshilfe Anke Tiedemann aus dem Nachbarort war mit den zwei Kindern bei ihren Eltern in Ostfriesland. Sie half ihm beim Bettenwechsel und verdiente sich damit etwas zu ihrem Halbtagsjob im Küstenmuseum „Natureum" an der Niederelbe und Ostemündung hinzu, um sich und den Kleinen auch außerhalb der Reihe etwas leisten zu können. Sie waren sich auch privat nähergekommen, und bei ihrer Anwesenheit war die Versorgungslage in seinem Haushalt eindeutig günstiger.

Er setzte sich auf sein blaues Herrenfahrrad und fuhr zum mobilen Bäckereikiosk neben dem Schulbuswartehäuschen. Das war die einzige Einkaufsmöglichkeit vor Ort, seitdem der Edeka-Laden geschlossen hatte. Und sie wurde genutzt. Vor ihm stand Erika Meibohm mit ihren langen roten Haaren und den wallenden Gewändern. Sie war vor einigen Jahren aus dem Ausland zurück in ihr Heimatdorf gekommen und hatte den abseits gelegenen Hof ihrer verstorbenen Eltern übernommen.

Dem Dorffunk zufolge soll sie einige Jahre im Orient gewesen sein oder in Nordafrika. Sie betrieb aber außer einem Kräutergarten keine Landwirtschaft mehr, sondern bot Kurse für Naturheilkunde und geistige Heilung an. Es waren immer irgendwelche Leute in ihrem Haus, aber niemand wusste genau, was dort getrieben wurde. Manche freundliche Zeitgenossen nannten sie die Schamanin, weniger freundliche auch Hexe.

„Moin, Frau Meibohm“, grüßte Amandus. Er kannte sie nicht von früher, da er während ihrer Abwesenheit ins Dorf gezogen war. Sie erwiderte den Gruß, und Amandus registrierte, dass die Vierzigjährige eigentlich eine ganz attraktive Frau wäre, wenn sie sich nur anders zurecht machen würde.

„Sie wissen vielleicht, dass ich für den Oste-Kurier arbeite.“ Sie nickte. „Ich bin immer an guten Geschichten und spannenden Leuten interessiert.“

Ihr Blick wurde kühler, wovon sich Amandus nicht beirren ließ.

„Könnte ich nicht mal bei Ihnen vorbeikommen und dann einen Bericht über Sie und“, er zögerte einen Moment, „Ihre Esoterik-Seminare machen?“

Das war eindeutig die falsche Frage gewesen, wie er sofort erfuhr.

„Was heißt hier Esoterik-Seminare?“ regte sie sich auf, was Amandus ganz anziehend fand. „Wir beschäftigen uns mit der Natur und alten Kulturen, von denen man viel lernen kann. Sie sicher auch, Herr Abendroth.“ Sie ereiferte sich richtig.

Amandus hob beschwichtigend die Hände.

„Ich meinte ja nur. Dachte auch, dass es ein wenig Werbung für Sie sein könnte.“ Dieses Locken verfing bei vielen, bei ihr aber nicht.

„Ich habe kein Interesse an einem Gespräch mit der Presse. Da werden wir dann doch nur als durchgeknallte Spinner dargestellt. Punkt. Aus. Aber“, sie blickte nun freundlicher,

„privat können Sie gerne mal vorbeikommen. Nur kein Interview und kein Pressebericht.“ Amandus hielt das für einen Vorschlag, dem er gerne mal nachkommen würde.

Sie nahm den gefüllten Korb und ging festen Schrittes und wallenden Gewandes zu ihrem VW-Bus.

„Die sind doch irregeleitet, sicher vom Satan persönlich.“

Amandus drehte sich um. Franz Andecker stand vor ihm und sah Erika Meibohm und ihrem Bus mit verächtlichem Blick hinterher. Der große, sehnige und schlanke Mann mit gescheiteltem grauen Haar und kantigen Gesichtszügen wandte sich dem Reporter zu. Amandus wusste, dass Franz Andecker vor vier Jahren ins Haus seines verstorbenen Bruders am Deich gezogen war und häufig verreiste.

Amandus wusste nicht, was Franz Andecker früher gemacht hatte, aber er galt als sehr belesen, gebildet – und sehr christlich. Ein Lehrer aus einem Nachbarort hatte ihn Amandus gegenüber sogar als Fundamentalisten bezeichnet, der aber seltsamerweise nie in der Kirche zu sehen war. Obwohl Andecker in der Regel sehr zurückhaltend war, passte dieser Mensch zu Erika Meibohms Ansichten wie die berühmte Faust aufs Auge.

„Die sollten lieber alle die Bibel lesen, als sich mit obskuren Weisheiten den Geist zu verderben.“

Amandus hatte weder Zeit noch Lust, ein solches Gespräch zu vertiefen, wies aber trotzdem noch darauf hin, dass schon der Alte Fritz die Menschen in seinem Reich jeden nach seiner Fasson selig werden ließ. Was wiederum Franz Andecker offensichtlich wenig beeindruckte.

„Moin, moin, Herr Abendroth“, schallte es nun von rechts „Sie hatten doch mal Interesse an einer alten Wanduhr. Ich hätte da was für Sie.“

Markus Baumann hatte seinen schweren BMW hinter dem Bäckereikiosk geparkt, und ein sportlicher, kräftiger Herr kam auf Amandus zu. Auch in saloppern Freizeitkleidung machte er einen gediegenen Eindruck. Er gehörte ebenfalls zu den Zugezogenen, die mittlerweile einen beträchtlichen Teil der Dorfbevölkerung ausmachten. Er hatte einen ehrwürdigen Gutshof gekauft, diesen stilvoll renoviert und eingerichtet und betrieb eine Pferdezucht.

„Schön, dass Sie an mich gedacht haben. Was ist es denn genau?"

„Ein bildhübscher Regulator, Ende 19. Jahrhundert, und läuft wie ein Uhrwerk", lachte er.

„Das könnte passen. Was soll er denn kosten?"

„Erst mal ansehen. Über den Preis werden wir uns schon einig."

„Okay. Heute hab ich keine Zeit. Ich ruf Sie an. Und wie läuft's sonst so mit den alten Möbeln bei der Finanzkrise?"

„Nicht schlecht. Viele teilen ihr Vermögen auf, schichten es um und gehen in hochwertige Sachwerte."

„Na ja, vielleicht die Hanseaten. Ich kenne mehr Leute ohne Vermögen, oder es ist ihnen schon von Bankberatern umgeschichtet worden. Präziser ausgedrückt, untergepflügt. Aber gut, ich überlege dann, ob ich mein üppiges Zeilenhonorar in eine antiquarische Wanduhr umschichte."

Amandus war dran. Er kaufte Butter, Erdbeermarmelade, eingeschweißte Mettwurst, Quark und Milch von der Molkerei Hasenfleet, die fettarme natürlich, sowie Mohnbrötchen und ein Zwiebelbrot. Beim Zahlen fragte er die Bäckereifachverkäuferin beiläufig: „Sag mal, den Nachfolger auf dem Hof von Krischan Janssen hab ich doch auch schon bei dir Brötchen kaufen sehen ..."

„Du meinst Wolf Amelung?"

„Ja, genau."

„Und was ist mit dem?"

Wie kommst du jetzt aus der Nummer raus, überlegte Amandus kurz. Er blickte demonstrativ auf seine Armbanduhr und zeigte auf die Warteschlange hinter sich.

„Ach, fiel mir nur so ein, ist nicht so wichtig. Und ich will ja auch nicht den Laden hier aufhalten."

Er nickte ihr freundlich zu, und nachdem alle Einkäufe im Fahrradkorb verstaut waren, trat er in die Pedalen.

Von Ferne sah er Heinz Brandes vor dem Rathaus stehen und scheinbar das dort angebrachte Dorfwappen begutachten. Der silberne Pflug für die Landwirtschaft, die blauen Wellen für die Oste und die Kogge unter rotem Schildhaupt für die Seefahrt. Dann sah er ihn ins Rathaus eintreten, in welchem auch das Heimatmuseum untergebracht war, neuerdings sogar mit von einem Gönner gestiftetem Haus als Dependance nebenan. Der Ortsheimatpfleger pflegte die Sammlungen im wahrsten Sinne des Wortes bewundernswert mit einem tollen Team, wofür er sogar schon einen renommierten Kulturpreis erhalten hatte. Amandus nahm sich vor, ihn demnächst aufzusuchen.

Kapitel 7

Amandus Abendroth blickte aus dem Fenster seines Arbeitszimmers einem vorbeiziehenden Vogelschwarm nach und sinnierte, welche fernen Länder die geflügelten Kreaturen schon alle bereist hatten. Seinen Laptop hatte er eingeschaltet und checkte kurz die Nachrichten der Agenturen, erst die internationalen, dann die regionalen.

Es begann mit den üblichen Anschlägen in Afghanistan und im Irak, es folgte die Griechenland- und Eurokrise, die Tea-Party-Bewegung in den USA attackierte Barack Obama, und die Revolutionäre in Ägypten verbündeten sich auf dem Tahir Platz mit der Armee. Bei der letzten Nachricht hielt er einen Moment inne und las, dass bei Unruhen in Kairo diverse Ausstellungsstücke aus dem Ägyptischen Museum gestohlen worden waren. Der mehrfach ein- und abgesetzte Chef der ägyptischen Altertumsverwaltung, Zawi Hawass, hielt es für keine bedeutenden Verluste, zumal etliche Stücke wieder aufgefunden worden waren. Wichtiger schien Hawass seine wiederholte Forderung nach Rückgabe der Nofretete aus dem Ägyptischen Museum in Berlin.

Auch in der Region gab es nichts Neues, was ihn vom Hocker reißen konnte. Der Hamburger Senat bestand weiterhin auf der Elbvertiefung, Bürgerinitiativen in Niedersachsen kämpften dagegen an, die EU-Kommission schien sich auf die Seite der Hanseaten geschlagen zu haben, bei der knappen OB-Wahl in Cuxhaven war nachträglich ein vergessener Karton mit 273 Wahlumschlägen gefunden worden, na ja,

Briefwahlstimmen, da würde sich kaum was ändern, aber ganz nett, und die Kollegen sind sicher schon dran an der Story, das Binnenschiff Janine hatte sich in der Hunte quergelegt und drohte zu zerbrechen, der Presseclub Cuxhaven hatte Heiner Geißler mit dem „Alte-Liebe-Preis" geehrt, was Amandus schon wusste, ein Unfall mit Toten und Verletzten, Jugendliche und nachts, was ihn immer noch traurig und wütend zugleich machte, und aus dem Zoo in der Wingst war ein junger Wolf entwischt, der laut Zoodirektor ungefährlich sein sollte.

Er widmete sich wieder der Glasplatte aus Krischan Janssens Hof. Er konnte nicht wirklich etwas damit anfangen. Es schien sich bei dem Schriftstück zwischen den beiden gläsernen Einfassungen um ein sehr altes Papier zu handeln, mit Schriftzeichen, die ihm nichts sagten. Chinesische Schriftzeichen waren es nicht, wie er zu wissen glaubte. Aber ob es nun Kyrillisch, Arabisch, Hebräisch, Aramäisch, Altes Griechisch oder etwas anderes war, entzog sich seiner Kenntnis, zumal es ziemlich verblichen und schwer erkennbar war. Da musste ein Fachmann oder eine Fachfrau ran, wozu ihm sicher noch etwas einfallen würde. Vielleicht hatte diese Platte aber auch gar nichts mit seinen Recherchen zu tun, und das Ergebnis würde sich als Enttäuschung herausstellen.

Dann öffnete er den Aktendeckel und blätterte die Papiere kurz durch. Es schienen in erster Linie Fotokopien zu sein, offenbar aus einem Buch oder einem anderen Druckwerk. Er sah sich die obersten Blätter genauer an. Das konnte auch ein Katalog sein.

Er hörte Schritte auf der Treppe. Anke Tiedemann war aus dem Kurzurlaub in Ostfriesland zurück. Sie stellte ein Tablett auf einem kleinen Tischchen neben seinem Arbeitsplatz ab. Das war inzwischen fast ein Ritual geworden.

„Eine Kanne Tee, damit du beim Arbeiten nicht einschläfst und deine Gedanken beflügelt werden."

„Danke, das ist nett."

„Na, bist du wieder als Sensationsreporter für dein Käseblatt tätig und deckst auf, warum wer ein Huhn in den Graben gestoßen hat?" neckte sie ein wenig und schien zu einem Schnack aufgelegt zu sein.

Er mochte diese Unterhaltungen mit ihr, denn die alleinerziehende Frau war eine sympathische und patente Person. Sie füllte auch die weibliche Lücke in seinem Haushalt nach der Scheidung, zumindest gelegentlich, aber seit geraumer Zeit immer häufiger. Erst auf den dritten Blick hatte er vor längerer Zeit bemerkt, dass sie eine attraktive Ausstrahlung hatte.

Das war damals, als er sie ohne ihre Endreinigungsmontur im Café „Alt Neuhaus" getroffen hatte. Mit ihrer stilvoll abgewetzten braunen Pilotenjacke, den enganliegenden Jeans, dem neckischen blonden Pferdeschwanz und dem dezent geöffneten, weißen Hemd, welches als Kontrast die frische Sonnenbräune an Hals und Gesicht mehr als vorteilhaft zur Geltung brachte. „Wow!" war es ihm entfahren, was sie lächelnd zur Kenntnis genommen hat.

Damals hatten sie sich auch das erste Mal über tiefergehende Themen als Bettenwechsel und Frühstücksservice unterhalten. Es hatte ihn überrascht, dass sie ausgebildete Biologielehrerin war, die jetzt halbtags im Natureum an der Ostemündung arbeitete und sich bei ihm ihren Verdienst etwas aufbesserte.

Da Amandus das Gespräch und den Rat von Anke zu schätzen gelernt hatte, brachte er sein gegenwärtiges Anliegen zur Sprache. Allerdings ohne die ganze Geschichte zu erzählen, da Anke sonst nur versucht hätte, ihn von vermeintlichen Problemen und Gefahren abzuhalten. Er zeigte ihr die Glasplatte.

„Hast du eine Ahnung, was das sein könnte?“

„Zeig mal her!“ Sie nahm das gläserne Stück in die Hand und betrachtete es aufmerksam.

„Hieroglyphen, würde ich sagen.“

„Hieroglyphen?“ Amandus sah sie verdutzt an und lachte dann laut.

Anke wirkte irritiert und fragte etwas ärgerlich zurück: „Was gibt's da zu lachen?“

„Unsere Klassenlehrerin in der Grundschule sagte beim Schönschreibunterricht häufig, dass sie nur Hieroglyphen erkennen könne. Zu den anderen natürlich.“

Anke schmunzelte nun. „Da seid ihr ja eine Klasse von kleinen Gelehrten gewesen. Außer dir natürlich.“ Nun schmunzelten beide. „Allerdings“, sagte Anke nach einem weiteren Blick auf die merkwürdige Schrift, „kann es auch etwas anderes sein. Griechisch oder Altes Griechisch, so genau kenne ich mich damit auch nicht aus. Solltest du mal jemandem vom Fach zeigen.“

Amandus war wieder ernst geworden, zeigte Anke die Kopien aus dem Aktendeckel und fragte nach ihrer Meinung.

„Das sind alte Stücke mit Beschreibung und Fotos dazu. Ein Katalog würde ich sagen. Und zwar ein Auktionskatalog.“

„Auktionskatalog? Wie kommst du darauf?“

„Hast du als journalistischer Überflieger wohl nicht zu Ende gelesen. Am Ende steht immer ‚Mindestgebot‘. Und das ist jeweils ganz ordentlich. Dafür muss ein freier Journalist ziemlich viele Zeilen schreiben.“

„Danke. Anke. Das könnte mir weiterhelfen.“

„Wobei eigentlich? Wo hast du diese Sachen her, und wofür soll das Ganze gut sein?“

„Aaach“, antwortete Amandus etwas gedehnt. „Das ist für eine Recherche. Ich erzähl dir das später. Muss jetzt noch mal los.“

Er packte alles zusammen und schaltete den Laptop aus. Anke gab sich verschnupft über das plötzlich abgebrochene Gespräch und kommentierte schnippisch: „Dann mal alles Gute. Mit deiner Angestellten kannst du es ja machen.“

Um Schadensbegrenzung bemüht, antwortete Amandus: „Ich muss tatsächlich los. Ich koche demnächst was Schönes und lade dich ein.“

Anke schluckte die Bemerkung runter, dass es nicht schwer zu erraten wäre, um welches Gericht es sich handeln würde, und nickte. „Okay. Vielleicht komme ich. Falls ich Zeit habe.“

Kapitel 8

Amandus Abendroth war die Kellertreppe hinabgestiegen, schloss die Tür zum Nebenraum auf und schaltete das Licht ein. Er öffnete die dort deponierte Holzkiste von Christian Janssens Scheunenboden. Da der Lichtschein der Kellerlampe den Inhalt nur schwach beleuchtete, holte er aus einem Schrank im Vorraum eine Taschenlampe. Jetzt konnte er besser sehen, aber nur wenig erkennen. Eine innere Stimme sagte ihm, dass er mit dem Inhalt sorgfältig umgehen sollte. Er kniete sich neben die Kiste und blies vorsichtig in den Staub hinein. Trotzdem bekam er einen Hustenanfall und wischte sich die Augen mit einem Taschentuch.

Als der Staub sich gelegt hatte, konnte er mehr erkennen als vorher, wenn auch nicht alles. Er erblickte verschiedene kunstvoll gearbeitete Gegenstände. Einige hielt er für bemalte Vasen, andere Gefäße konnte er nicht einordnen. Als er genauer nachschaute, konnte er auf den Gefäßen ähnliche Schriftzeichen entdecken wie zwischen den Glasplatten in seinem Arbeitszimmer. Hieroglyphen, sofern Anke recht hatte. Und er konnte sich zunehmend besser vorstellen, dass ihre Einschätzung tatsächlich stimmte. Warum nur war er selbst nicht darauf gekommen? Aber das spielte jetzt auch keine Rolle mehr. Er leuchtete weiter in die Kiste hinein und ließ den Lichtstrahl wandern.

Nun glaubte er, farbige und brüchige Stoffteile zu sehen. Dann etwas Seltsames: Es waren mehrere längliche Dinge, die in alten Stoff eingewickelt zu sein schienen, der Bemalungen trug. Irgendwie erinnerten ihn diese Gegenstände in Form und Größe an Hunde oder Katzen, den Gedanken an Babys verdrängte er schnell. Sollte es sich tatsächlich um tote Hunde und Katzen handeln? Ihn schauderte. Er würde das mit Sicherheit nicht nachprüfen, oder zumindest nicht jetzt. Er schloss den Deckel, schaltete das Licht aus und drehte den Schlüssel in der Tür des Kellerraums von außen wieder um und legte ihn die Schublade des Kellerschrankes.

Wenige Minuten später saß Amandus Abendroth auf seinem Fahrrad, und nach weiteren fünf Minuten hielt er vor dem Rathaus mit dem integrierten Heimatmuseum. Die Tür unter dem Dorfwappen stand offen, und Heinz Brandes kam um die Ecke, weil er sich neben dem 126 Jahre alten Haus zu schaffen gemacht hatte. Er trug ein grünes Jackett, dunkle Jeans, und der Scheitel saß korrekt über der Brille. Er kannte ihn auch aus anderen Vereinen des Dorfes und hielt ihn für kompetent und sympathisch.

„Moin Heinz", begrüßte er den preisgekrönten Ortsheimatpfleger.

„Moin Mandus."

„Was gibt's Neues im Museum?" Amandus wollte nicht gleich mit der Tür ins Haus fallen.

„Wir haben jetzt einen Unterstützerverein für das Museum gegründet, der nennt sich ‚De Osten Strom'. Da sind tolle Leute dabei, und die Arbeit kann breiter aufgestellt werden. Das Haus nebenan", er zeigte auf einen weißen Flachdachbungalow, „ist uns von einem Wohltäter aus dem Dorf gestiftet worden, weil die 250 Quadratmeter Ausstellungsfläche im Obergeschoss zu knapp werden."

„Hört sich gut an. Weißt du, ich bin ja schon ein paarmal im Museum gewesen, und der Gründervater hat mir alles erklärt. Aber das ist schon lange her. Was habt ihr denn jetzt alles ausgestellt?"

„Ich könnte es dir zeigen. Komm rein."

Amandus schaute auf seine Uhr, und der Museumsleiter bemerkte es.

„Du scheinst es eilig zu haben."

„Nein, eilig nicht gerade, aber einen Rundgang machen wir demnächst mal."

„Ja, du weißt sicher, dass unser verehrter Begründer des Museums in jahrzehntelanger Arbeit viele Ausstellungsstücke zusammengetragen hat, um den Besuchern in der heutigen Gegenwart und in der Zukunft zu zeigen, wie die Menschen in dieser Region früher gelebt und gearbeitet haben. Die gegenständliche Sammlung ist breit angelegt und in zwölf Räumen nach Sachgebieten übersichtlich geordnet, auch überörtliche Zeitgeschichte gehört dazu. Wir haben die Bereiche: Wohnen, Möbel, Bilder, Textilien, Uhren, Puppen, Lampen, Schifffahrtsabteilung, Militärhistorik, altes Geld, Bürgerwehr, alte Radiotechnik, Landwirtschaft, Handwerk, Haushalt, Küche und vieles mehr. Und", fuhr er engagiert fort, „wir haben noch ein heimatkundliches Archiv mit Chroniken, alten Bibeln, Urkundensammlungen, seltenen Büchern, alten Fotos, eine Zeitungssammlung bis 1832 zurück und andere literarische Zeitzeugnisse vergangener Epochen."

Der Heimatpfleger und Museumsleiter war in Fahrt gekommen, und man spürte seinen Stolz auf das historische Werk. Zu recht, wie Amandus fand.

„Tolle Sache. Das muss ich mir unbedingt noch genauer ansehen. Sag mal", fuhr der Lokalreporter etwas gedehnt fort, „habt ihr hier auch Sachen, die man im weitesten Sinne als ägyptisch bezeichnen könnte? Ich weiß, eigentlich eine blöde Frage für ein Heimatmuseum."

„So dumm ist die Frage nun auch wieder nicht. Nicht umsonst haben wir die Kogge im Dorfwappen. Für die Seefahrt. Seit Jahrhunderten sind die Männer aus dem Dorf zur

See gefahren und haben alles Mögliche mitgebracht. Wir haben eine ruhmreiche und harte Walfangtradition, was aber schon lange vorbei ist. Zu Zeiten der Walfänger gab's noch vierzehn Kneipen im Dorf, und heute überlebt kaum eine. Na gut, ich will nicht abschweifen und von alten Zeiten schwärmen, die auch nicht immer besser waren. Aber zu ägyptisch fällt mir nichts ein. Wenn du allerdings ein paar schöne Stücke hast, hätte ich schon Interesse. Wozu willst du das wissen?"

„Schade. Na ja, wäre für einen Artikel ganz nettes Beiwerk gewesen. Aber ist nicht so schlimm. Tschüs dann und bis demnächst."

„Halt! Einen Moment noch. Da fällt mir was zu ägyptisch ein."

Amandus stieg wieder vom Fahrrad, und zwar wesentlich schneller, als er aufgestiegen war.

„Und was?"

„Unsere Altvorderen haben da früher immer eine Geschichte erzählt. Ich hab sie noch von meinem Großvater gehört. Da soll mal in der Elbe ein Schiff untergegangen sein. Und das Schiff hatte was mit Ägypten zu tun. Das muss aber schon hundert, zweihundert oder dreihundert Jahre her sein. Die Bauern an der Elbe und Oste sollen davon was gefunden haben, was als Strandgut am Ufer angetrieben wurde. Das ist die nettere Version, denn Strandräuber waren sie auch alle. Mehr weiß ich auch nicht. Vielleicht ist das aber auch nur Seemannsgarn gewesen."

„Danke, Heinz. Das weiß man natürlich nicht, ob das nur eine Geschichte für die langen, dunklen und nebeligen Winterabende war. Falls an dem Seemannsgarn aber doch was dran sein sollte, wer könnte mehr darüber wissen?"

„Puh, ehrlich gesagt, keine Ahnung. Aber frag mal John Neumann. Ich hab gehört, dass er schon lange nach versunkenen Schiffen oder einem versunkenen Schiff suchen soll. Aber er erzählt kaum etwas darüber. Nur wenn er beim Schützenfest ein paar Bier mehr getrunken hat. Beim letzten Mal hat er mir im Ostekrug erzählt, dass er immer über Seekarten sitzt, überall alte Archive durchstöbert und dass er etwas auf der Spur wäre. Als ich nachfragte, was es wäre, ist er plötzlich stumm geworden und hat sich die Hand vor den Mund gehalten, als ob er schon zu viel erzählt hätte. Aber so viel hatte er auch schon im letzten und vorletzten Jahr erzählt, und da ist bisher nie was von geworden. Kann ja auch ne Wahnvorstellung sein, wer weiß."

„Tja, wer weiß das schon." Amadeus wandte sich zum Gehen. „Moment, da fällt mir auch noch was ein. Kennst du eigentlich Wolf Amelung, der Krischan Janssens Hof geerbt hat?"

„Der war vor einiger Zeit mal hier im Museum und hat sich interessiert umgesehen. Habe mal diskret gefragt, was er so macht. Er hat aber nur erwähnt, dass er etwas mit der Handelskammer in Hamburg zu tun hat. Mehr weiß ich auch nicht."

Kapitel 9

Hauptkommissar Hans-Heinrich Drewes saß an seinem aufgeräumten Schreibtisch in der Polizeidienstelle Cadenberge, die seit einiger Zeit im alten Postgebäude in der Bahnhofsstraße untergebracht war. Ein prestigemäßiger Abstieg, wie er meinte, aber selbst er und sein Kollege Fritjof Martens hatten den Umzug aus dem dreigiebeligen Rathaus am Marktplatz nicht verhindern können. Obwohl sie sonst einiges in der Samtgemeinde bewegen und beeinflussen konnten, denn sie saßen den beiden großen Fraktionen im Ratssaal vor. Hans-Heinrich Drewes den Schwarzen und Fritjof Martens den Roten. Da wurde gelegentlich mit Florett und auch schweren Säbeln gefochten, vieles aber auch übereinstimmend entschieden. In der Polizeidienststelle führte es hin und wieder zu gegenseitigen Frotzeleien, aber dienstlich arbeiteten sie gut zusammen.

Die frisch gebügelte Uniform saß wie angegossen, drei silberne Sterne glänzten auf jeder Schulterklappe, der schwarze Schlips war akkurat gebunden, und Schnauzbart und Haarkranz waren sauber geschnitten. Wie aus dem Ei gepellt, wie immer.

Er schlug den Oste-Kurier auf und las den Innenteil mit den lokalen Neuigkeiten. Der Zeitungsmantel mit den überregionalen und internationalen Nachrichten kam später dran. Die Bürotür öffnete sich, und sein Kollege Fritjof Martens trat ein. Mit ebenso korrekter Uniform, aber einen Kopf größer und mit einem vollen, blonden Haarschopf.

Es folgte ein kleines Geplänkel über ihren jeweiligen Bürgermeisterkandidaten. Hans-Heinrich Drewes lobte den erfahrenen Eier- und Geflügelbaron, zudem ökologisch korrekt, wie er betonte, während Fritjof Martens der Auffassung war, dass mit ihrem Uhrmachermeister endlich mal eine neue Zeit anbrechen würde. Drewes konnte sich nun die Bemerkung nicht verkneifen, dass der ja auch Juwelier wäre, was ziemlich gut zu der alten Arbeiterpartei passen würde. Fritjof konterte, dass Hans-Heinrichs Kandidat wirklich gute Eier hätte, aber eben nicht das kommunalpolitische Ei des Kolumbus.

„Und, übrigens habe ich gehört", fuhr Fritjof Martens fort, „dass du vorgestern im Weißen Ross die kleinen roten Gläser gekippt haben sollst, immer mit dem Trinkspruch: ‚Die Roten müssen weg.' Das hast du wohl früher von deinem Vormann aus Bederkesa gelernt, der jetzt den Landesvater gibt."

Hans-Heinrich Drewes lag eine deftige Erwiderung auf der Zunge, als sich die Tür öffnete und der Leiter des Fachkommissariates 1 aus Cuxhaven eintrat. Er hatte sich vorher telefonisch angekündigt, was Hauptkommissar Drewes seinem Kollegen nach dem Geplänkel mitteilen wollte. Langner setzte sich auf die Fensterbank neben eine altersschwache Grünpflanze und hielt einen grünen Aktendeckel in der Hand.

„So, meine Herren, wie ich bereits telefonisch mitgeteilt habe, haben wir eine Mordkommission gebildet – und ihr seid dabei. Wie ihr wisst, handelt es sich bei dem Toten um Wolf Amelung aus Geversdorf, der vor einigen Monaten den Hof seines Onkels Christian Janssen geerbt hat. Die Kriminaltechnik war vor Ort, und ihr ward ja auch dabei."

Beide nickten.

„Nach ersten Ergebnissen der KTU ist das Opfer des Tötungsdelikts im Wohnzimmer des Hofes erstochen worden. Ein genauerer Bericht wird folgen. So bald wie möglich dann auch aus der Rechtsmedizin. Bleibt natürlich die Frage, warum und wie er an die Kugelbake gelangt ist, und dann noch in dieser spektakulären Aufmachung. Damit ist die Frage nach dem Täter völlig offen. Was ist das Motiv? Wer hatte Zeit und Gelegenheit zu dieser Tat? Da gibt es noch eine Menge Arbeit. Habt ihr Amandus Abendroth noch einmal herbestellt?"

Hans-Heinrich Drewes sah auf die Uhr. „Er müsste eigentlich jeden Moment hier sein."

Fritjof Martens holte die Kanne vom Kaffeeautomaten und schenkte Karl Langner ein, als der Lokalreporter das Polizeibüro betrat. Ihm wurde ein grau bezogener Drehstuhl angeboten, Kaffee ebenfalls, was er beides dankend annahm. Karl Langner führte das Gespräch.

„Herr Abendroth, Sie haben uns zwar schon in der Nacht an der Kugelbake berichtet, aber manchmal fällt Zeugen nachträglich noch etwas ein, was sie vergessen haben oder nicht wichtig fanden. Schildern Sie uns daher bitte noch einmal den Verlauf des Abends bis zu Ihrer Entdeckung an der Kugelbake und Ihrem Anruf bei uns."

Amandus seufzte und wiederholte seinen Bericht ohne abweichende Details. Als er geendet hatte, fragte Karl Langner noch einmal, ob ihm nicht noch eine zusätzliche Einzelheit einfiele, die für die Ermittlungen wichtig sein könnte. Amandus überlegte, was er dem leitenden Kriminalbeamten und den Dorfsheriffs noch erzählen könnte, um seine Kooperationsbereitschaft zu zeigen, ohne seine eigenen Recherchen zu gefährden.

„Mein Freund Albrecht Asmuss, der Maler, hat mir nach dem Verhör im Polizeibus ..."

„Das war kein Verhör, Herr Abendroth, sondern eine Befragung“, stellte der Erste Hauptkommissar Karl Langner klar.

„Okay. Nach der Befragung, auf dem Heimweg, erzählte Albrecht Asmuss, dass er glaubte, an der Kugelbake einen Bootsmotor gehört zu haben. Da war der Mond aber noch von Wolken verdeckt, und wir konnten nichts sehen. Außerdem konnte er nicht raushören, um was für einen Bootsmotor es sich handelte, obwohl er sich damit auskennt. Die Sturmgeräusche waren einfach zu heftig, weshalb er sich auch nicht ganz sicher war, ob er richtig gehört hatte.“

„Danke. Das werden wir mal festhalten und nachprüfen. Ich fahre nachher nach Cuxhaven zurück und werde noch mal mit Herrn Asmuss sprechen. Vielen Dank, Herr Abendroth, das war's dann. Erst mal.“

„Und denk dran“, schaltete sich Hans-Heinrich Drewes ein, „die Ermittlungen führen wir.“

„Klar. Und tschüs.“

Als Amandus Abendroth die Polizeidienststelle verlassen hatte, wandte sich der Kripobeamte in Zivil an seine uniformierten Kollegen.

„Und ihr stellt bitte mal eine Liste auf, wer in Geversdorf und Umgebung ein Boot hat.“

„Das kann eine lange Liste werden“, antwortete Fritjof Martens. „Hier hat doch fast jeder zweite ein Boot, die auswärtigen Skipper und Motoryachten an den Liegeplätzen noch gar nicht mal mitgezählt.“

„Und was heißt in diesem Fall Umgebung? Auch in Neuhaus und Oberndorf liegen Boote.“ Die Frage kam von Hauptkommissar Drewes.

„Wenn das nach deiner Einschätzung zur Umgebung gehört, dann kommt das mit auf die Liste. Nehmt Geversdorf als A-Liste, die Umgebung als B-Liste.“

Kaum war der Erste Hauptkommissar Karl Langner aus dem Büro, sagte PHK Martens zu PHK Drewes: „Wer viel fragt, bekommt viel Antwort."

Kapitel 10

Am 18. Oktober 1820, zwei Stunden nach Sonnenaufgang, setzten die Naturforscher aus Berlin mit ihren Begleitern den Marsch durch die libysche Wüste in südlicher Richtung fort. Eine Dreiviertelstunde zogen sie noch auf einer großen Ebene dahin, dann öffnete sich vor ihnen die Aussicht auf ein merkwürdig zerrissenes Land. Bei den Arabern in ihrer Begleitung bemerkten sie eine kindische Freude, wie sie es beurteilten, und wurden von diesen benachrichtigt, dass dies der Eingang zur Oase Siwa sei.

Das würde bedeuten, dass die Beschwerden mit Wassermangel, ausgetrockneten Brunnen und Krankheiten bald ein Ende haben würden. Sie hatten nur noch einen Schlauch mit Wasser, welches von schlechter Qualität war. Ihre Kamele hatten fünf Tage bei rastlosem Marsch und schwerer Last gedurstet. Ihre Besorgnis war beim Erblicken dieses in tiefe Schluchten gespaltenen Landes nahezu verschwunden. So wurde ihnen eine Quelle mit frischem Wasser zum höchsten Ziel ihres menschlichen Wunsches. Und die Oase zum Paradies.

Kurz vor dem Abfall des ersten Wüstenplateaus wurden die europäischen Forschungsreisenden von den Beduinen ermahnt, ihre Waffen bereitzuhalten, weil in diesen Schluchten die Karawanen von Räubern beobachtet und angegriffen wurden, sofern sie sich nicht wehrhaft zeigten. Die Beduinen stießen tirilierende Laute aus und machten ihre Flinten schussbereit. Einige vor und neben der Karawane sichtbare

Gräber von Reisenden, auf welche die Beduinen verwiesen, verliehen ihren Mahnungen Nachdruck.

Scheich Othman, der Karawanenführer, und einige Begleiter ritten als Vorhut zur Oase voraus, während die Karawane langsam folgte. Bereits beim Eintritt in die Oasenfestung wurde die Vorhut zurückgewiesen und Scheich Othman angedroht, ihn und seine mitgebrachten Christen einzusperren. Bei Ankunft der Karawane befand sich die Vorhut immer noch vor dem Einlasstor und informierte die Ankommenden, dass der türkische Gouverneur mit dem Datteltribut nach Kairo abgereist war und jetzt die Imame das Regiment führten. Der Herr General, der mit einem Teil der Expedition einen anderen Weg eingeschlagen hatte, wäre vor zwei Tagen eiligst abgereist, weil seine Anwesenheit zu blutigen Auseinandersetzungen geführt hatte und die Lage für ihn immer gefährlicher geworden war.

Die Forschungsreisenden waren von diesen Nachrichten niedergeschlagen, schickten aber den Dolmetscher vor, um ihren Schutzbrief zu präsentieren und auf diesem Wege doch noch in die Oase zu gelangen. Dieser Firman des Pascha beeindruckte die gegenwärtig Mächtigen in Siwa nicht im Geringsten. Sie ließen ausrichten, dass sie keine Christen sehen wollten und Forschungen und Zeichnungen auf ihrem Gebiet nur mit einem Firman des Sultans oder mit Kanonen und Soldaten erreicht werden könnten.

Sie boten andererseits einen Lagerplatz außerhalb der Oase an, um einige Tage zu rasten, Wasser zu schöpfen, welches einen üblen Geschmack hatte, und Datteln zu essen. Wer den Platz verließe und sich der Oasenfestung näherte, auf den würde allerdings sofort geschossen. Damit war die Reisepause in Siwa und die Erkundung dieser bedeutenden Wüstenoase mit ihren historischen Plätzen und Ruinen verwehrt, insbesondere des wissenschaftlich ersehnten Ammon-

Tempels. Der geplante Weiterzug der Karawane nach Derna war an der Ammon-Oase ebenfalls beendet.

Die Religionsoberhäupter in Siwa hatten den Einwohnern sogar bei Geldstrafe verboten, in die Nähe der Karawane zu kommen, und so erhielten die Wüstenreisenden nur verstohlen einige Lebensmittel aus der Stadt und karge Nachrichten über das Land. Erschöpft von der anstrengenden Wüstenreise blieb die Karawane fünf Tage in der Ringmauer des Fruchtmagazins von Siwa, ohne in die Stadt zu gelangen. Alle Versuche von Verhandlungen durch den Dolmetscher und die Araber der Karawane schlugen durch die unbeugsame Haltung der Imame fehl.

Zwei der Forschungsreisenden versuchten durch Überredung und Geldversprechungen einige Einwohner Siwas, die der Karawane näher gekommenen waren, zu bewegen, sie heimlich in der Nacht zu den Ruinen zu führen. Aber alles war vergeblich. Selbst die am Geld interessierten Oasenbewohner, die zunächst eine nächtliche Führung erwogen hatten, erklärten die Sache als extrem lebensgefährlich für alle Beteiligten. Es schien nichts anderes als der beschwerliche Rückweg nach Alexandrien zu bleiben.

Kapitel 11

Amandus Abendroth stoppte den alten Benz vor einem gepflegten Zaun am Rande des Dorfes. Er stieg aus und ging auf die Altbauvilla zu, die gut in Schuss gehalten war. Um 1900, schätzte er beiläufig das Baujahr. Hinter der Tür schlug ein Hund an, aber sonst tat sich nichts. Er drückte auf die Klingel über dem Emailleschild in maritimer Aufmachung mit der Aufschrift „John Neumann“. Das Gebell verstärkte sich, bis eine tiefe Stimme Ruhe gebot. Amandus überlegte, wie er das Gespräch eröffnen sollte. Früher kannte jeder jeden im Dorf – einschließlich der Familiengeschichte. Das hatte sich durch entfernte Arbeitsplätze, wochenlange auswärtige Montagen und Zuzüge in den letzten Jahren geändert. Amandus kannte John Neumann zwar, wusste aber kaum etwas von ihm.

„Moin, Herr Abendroth. Was verschafft mir die Ehre? Womit kann ich dienen?“

Der mittelgroße Endfünfziger mit Halbglatze, in blauem Oberhemd, grauer Hose und schwarzen Halbschuhen, beruhigte seinen braungrauen Mischling, der an Amandus hochspringen und ihn ablecken wollte.

„Ruhig, Ramses. Sitz!“ Ramses gehorchte.

„Schöner Name. Und nicht gerade häufig in der Gegend.“

Amandus blickte vorsichtig auf den Hund und blieb skeptisch. Als kleiner Junge war er mit seinen Eltern in einem Ausflugslokal gewesen und wollte mit einem Hund vom Nachbartisch spielen, dessen Frauchen ihn als kinderlieb und friedlich bezeichnet hatte. Das sah der Terrier anders und biss ihn in den Oberschenkel.

„Kleiner Gag von mir. Und sie müssen ja nicht alle Hasso und Bello heißen. Was gibt's also?"

„Ich recherchiere für eine Reportage über Schiffsuntergänge und Wracks in der Elbe und Nordsee. Heinz Brandes sagte mir, dass Sie Fachmann sind und sich schon länger damit beschäftigen."

„Was heißt Fachmann? Das ist mein Hobby, und es gibt viel kenntnisreichere Experten. Aber kommen Sie rein. Ich habe gerade Zeit und eine Kanne Tee aufgesetzt."

Im Arbeitszimmer schaltete John Neumann den Computer aus. Amandus sah Seekarten an den Wänden, mit kleinen Flaggen in unterschiedlichen Farben markiert. Auf dem Schreibtisch häuften sich Papiere und Bücher ehrwürdigen Alters, jedenfalls nach dem äußeren Eindruck zu schließen.

„Da sind wir ja schon mitten in meinem Thema." Amandus zeigte auf eine Seekarte von Elbmündung und Nordsee. „Erzählen Sie doch einfach mal, was Sie machen."

John Neumann stellte eine Teekanne auf das weiße Stövchen mit Blumenmuster und wies auf die Milch und Kluntjes.

„Wo soll ich anfangen? Unter dem Weltschifffahrtsweg, einer der befahrensten Wasserstraßen der Welt, liegt ein gigantischer Schiffsfriedhof. Wie kommt es also dazu, was ist der Grund? Dort, wo viele Schiffe unterwegs sind und insbesondere in früheren Zeiten unterwegs waren, gab es immer dramatische Ereignisse. Orkane, Kriege, Schiffskollisionen, Strandungen, manchmal – wenn zum Glück auch selten – bezechte Kapitäne oder Steuerleute. In der Elbe und der Deutschen Bucht der Nordsee ist so manches Schiff gesunken."

Er nahm einen Schluck Tee und zog an der inzwischen entzündeten Pfeife. Amandus dankte für das Nachschenken.

„Welcher Tourist ahnt, wenn er mit dem Schiff oder Tragflächen-Katamaran auf dem Weg zum Roten Felsen, also Helgoland, die Elbmündung passiert, dass er den vielleicht größten Schiffsfriedhof der Welt unter sich hat? Ich habe auch erst nach vielen Jahren herausgefunden, welch gewaltiges maritimes Grab sich in den trüben Fluten zwischen Cuxhaven, Helgoland und Borkum verbirgt. Schiffe aller seefahrenden Nationen sind hier verloren gegangen. Grobe Schätzungen gehen von 1.500 bis 2.000 Schiffen aus, die allein in der gefürchteten Elbmündung ihr Ende fanden. Die meisten liegen vergessen und versandet in ihrem nassen Grab. In Einzelfällen gibt es noch Akten und Aufzeichnungen über ihre Schicksale, über die meisten weiß man nichts mehr. Mein Hobby ist es, die verbliebenen Reste aufzuspüren und zu einem Mosaik zusammenzufügen."

Er machte eine Pause. Amandus spürte das Engagement in allen Fasern seines Gegenübers und fragte: „Und wie versuchen Sie konkret das Mosaik zu vollenden?"

„Vollenden gelingt nur selten. Ich forsche bei Ämtern nach Akten, suche in Bibliotheken und Archiven, wie beispielsweise der Commerzbibliothek in Hamburg, aber auch europaweit. Zur Suche gehören auch historische Daten der Hydrologie, sofern sie zur Verfügung stehen, und vieles mehr."

„Und was ist Ihr Motiv? Warum machen Sie sich die ganze Arbeit?"

„Ich weiß nicht, worauf Sie hinauswollen. Auf alle Fälle bin ich kein Schatzsucher, obwohl einige Schätze auf dem Meeresgrund liegen. Ich möchte die Schicksale von Schiffen und Seeleuten vor dem Vergessen bewahren. Gleichzeitig ist es für mich ein wissenschaftliches und historisches Abenteuer, auch wenn ich nur Amateur bin oder Hobbyforscher.

Zugegeben mit einigen ausgeprägten autodidaktischen Kenntnissen.“

Amandus Abendroth hielt die Zeit für gekommen, vorsichtig sein eigentliches Ziel anzusteuern.

„Haben Sie mal von einem gesunkenen Schiff gehört, das muss schon ewig lange zurückliegen, das etwas mit Ägypten zu tun hat?“

„Sie meinen die Gottfried?“ entfuhr es dem Hobbyforscher eher spontan, als dass es einer wohlüberlegten Antwort gleichkam. Sofort schien er sich auf die Lippen zu beißen. Amandus sah die Verwandlung John Neumanns deutlich. Seine enthusiastische Erzählweise wich spürbarer Skepsis und Misstrauen.

„Wieso fragen Sie danach?“

„Heinz Brandes vom Heimatmuseum hatte mal von einer solchen Geschichte gehört. Kann natürlich auch eine Sage oder Seemannsgarn gewesen sein. Ich fand es interessant.“

John Neumann entspannte sich etwas.

„Dazu werde ich Ihnen nichts weiter erzählen. Das Mosaik hat noch zu viele Lücken. Außerdem will ich keine Glücksritter auf die Spur setzen.“

„Glücksritter?“ hakte der Journalist nach. „Jetzt wird es richtig spannend.“

„Mag sein. Sie müssen akzeptieren, dass jetzt Schluss der Vorstellung ist.“

Das tat der Lokalreporter, dankte seinem Gesprächspartner und wurde von diesem und dem schwanzwedelnden Mischling zur Tür begleitet.

Dort trafen sie auf einen sportlichen jungen Mann, der den gepflasterten Weg vom Gartentor heraufkam. Unter dem ungezähmten Rotschopf trug der sommersprossige Jüngling eine runde Nickelbrille. Gekleidet war er mit einem beigen

Blouson und hellblauen Jeans, in der linken Hand trug er eine schwere Aktentasche. John Neumann stellte ihn vor.

„Das ist Konstantin Warmbach. Er studiert Geographie und hilft mir bei meiner Hobbyarbeit. Das ist rein ehrenamtlich für ihn, und mir hilft es."

„Und eine gute praktische Übung", ergänzte der junge Student. Amandus begrüßte ihn und stellte sich seinerseits vor. Zum Abschiedsgruß fügte John Neumann hinzu: „Zum Abschluss gebe ich Ihnen noch einen Tipp, Herr Abendroth. Gehen Sie für Ihre Recherche doch mal in das interessante Wrackmuseum in Cuxhaven. Es wird gemeinsam mit dem Fischereimuseum im neuen maritimen Museum ‚Windstärke 10' untergebracht. Der Gründer und Leiter ist ein wirklicher Experte auf diesem Gebiet."

„Danke. Davon habe ich schon oft gehört. War aber noch nie drin."

„Ein echtes Versäumnis." John Neumann schloss die Tür.

Kapitel 12

Nachdem der General Freiherr Heinrich Menu von Minutoli im Frühjahr 1821 in Assuan vierzehn Tage vergeblich auf die Erlaubnis zur Weiterreise nach Philae und Nubien gewartet hatte, entschloss er sich zur Rückkehr nach Kairo. Die Fahrt ging bei starkem Wind innerhalb von zwei Tagen wesentlich rascher vonstatten als die Hinreise, für die er mit seiner Begleitung zwanzig Tage benötigt hatte. In Assuan stieg das Thermometer wegen der Lage zwischen Granitfelsen auf bis zu zweiunddreißig Grad und sank nachts nicht unter vierzehn. Auf der Reise zeigte es bei Nordostwind am Tage vierzehn Grad und nachts zehn, was von ihm wie der Gefrierpunkt in Europa empfunden wurde.

Von Kairo begab sich der General von Minutoli aufgrund neuer Nachrichten zügig nach Sakkara, der etwa zwanzig Kilometer südlich gelegenen Totenstadt. Am Fuß der großen in Absätzen erbauten Pyramide fand er einen vielversprechenden Anfang vor. Zwanzig arabische Arbeiter hatten unter Anleitung eines Generalsgefährten die Nachgrabung begonnen und waren nach einer Woche auf eine durchbrochene Mauer gestoßen.

Da dies einen Eingang vermuten ließ, vertiefte man die Grabung und erreichte den Fuß der Pyramide, welcher aus einem Felsenkern bestand. Hier wurde bald der tatsächliche Eingang entdeckt. Nach dreiundzwanzig Tagen gelangte der General dank fleißiger Helfer an die eigentliche Tür und eröffnete die Pyramide, um mit Forschern in seiner Begleitung das Innere zu untersuchen.

Da der etwa fünfzig Fuß tiefe Brunnen doch sehr unzugänglich war, gelang es zunächst nur zwei europäischen Wissenschaftlern, sich unter hoher Gefährdung an Seilen hinabzulassen und in das Innere der Pyramide einzudringen. Der General als Leiter der Expedition ließ sofort die Zahl der Arbeiter erhöhen und ordnete an, dass der Brunnen abgeschrägt und die Gänge im Inneren aufgeräumt werden sollten, um den Zugang zu erleichtern. Dies nahm vierzehn Tage in Anspruch. Trotzdem gestaltete sich sein Eindringen in die Pyramide weder bequem noch gefahrlos.

Die arabischen Arbeiter hatten sich am Abhang des Brunnens auf kleinen Vorsprüngen in Etagen aufgestellt und bildeten mit ihren Schultern, Rücken und Knien eine lebendige Treppe, auf welcher der General hinabstieg. Sand, Steine und Geröll stürzten aber trotzdem in solcher Menge herab, dass er sich den Eingang ins Innere mit den eigenen Händen bahnen musste. Die eingeschlossene Luft empfand er als unerträglich heiß, und er schätzte die Temperatur auf vierzig Grad Réaumur.

Mit großer Mühe untersuchte der General alle nur provisorisch zugänglich gemachten Gänge, Brunnen und Gemächer, wobei die unüberschaubare Menge an Fragmenten aus Marmor und Alabaster ihn in Erstaunen versetzte. Darüber hinaus waren die Wege so häufig mit Sand und Steinen gefüllt, dass er sich an vielen Stellen, bald auf dem Bauch, das Gesicht im Geröllstaub, bald auf dem Rücken liegend, nur mit äußerster Anstrengung fortbewegen konnte.

In der großen Kammer fand er einen in Schutt vergrabenen Granitblock, der ihm als großer Sarkophag erschien. Ebenfalls stieß er etwas höher auf einen mit Steinen und vorgesetzten Holzbalken verschlossenen Eingang. Wieder am Tageslicht, ordnete er die Freiräumung des offenbaren Sarkophags und des nach oben führenden Weges an. Zwei Zeichner in seiner Begleitung erhielten Auftrag, das Innere und Äußere der Pyramide zu vermessen und festzuhalten.

Dieser sorgsam und präzise ausgeführte Auftrag des Generals wäre den beiden wissenschaftlichen Zeichnern, die auch als Künstler gelten konnten, beinahe zum tödlichen Verhängnis geworden. Am vierten Tag ihrer Arbeit, als sie wieder in die Pyramide eindringen wollten, stürzte der Brunnen zusammen und hätte sie nur einen Augenblick später rettungslos begraben. Denn es nahm acht Tage in Anspruch, um den Brunnen und den Eingang der Pyramide wieder freizuräumen.

Einige Zeit später saß der General abends bei Kerzenschein in seinem arabischen Prunkzelt, das er von Mehemed Ali Pascha als Gastgeschenk erhalten hatte. Wie auch andere Forschungsreisende der Expedition führte er sein Reisetagebuch fort, dem er den vorläufigen Arbeitstitel „Reise zum Tempel des Jupiter Ammon in der libyschen Wüste und nach Ober-Aegypten" gegeben hatte. Über die Ausgrabungen und Erkenntnisse an der Pyramide hielt er fest:

Die Orientierung der vier Seiten ist nicht genau nach den vier Weltgegenden gerichtet, welches bei den Pyramiden von Ghizeh der Fall sein soll.

Ihre Basis bildet kein regelmäßsiges Quadrat, wie bei denen von Ghizeh, so daßs bei dem obersten Absatz ein sehr längliches Viereck entsteht.

Die Pyramide von Sakkara ist von einer 14 Fußs dicken Einfassungsmauer aus Quadersteinen umgeben, die an mehreren Punkten noch aus dem Sand und Schutt hervorragt. Dies ist bei keiner anderen bemerkt worden, und sie erhält dadurch Ähnlichkeit mit den Tempeln, die man gleichfalls auf diese Art gegen den Andrang der Ungeweihten abschloßs.

Sie ist in sieben Absätzen treppenartig erbaut, obgleich vor Anstellung der Nachgrabungen nur sechs derselben sichtbar waren. Diese Absätze sind aus Quadern aufgeführt, die einen bedeutenden Einfall nach innen haben. Die Steine sind mit Kalk verbunden, zeigen aber keine Spur, daßs sie jemals mit Marmor oder Granit bekleidet waren.

Der einzige bis jetzt gefundene Eingang ist unter der Erde.

In den anderen Pyramiden hat man bis jetzt nur wenige Gänge und Kammern gefunden; in dieser sind sie neben und über einander sehr zahlreich.

Die Pyramide selbst ist zwar aus Quadern aufgeführt, aber alle bis jetzt entdeckten Gänge und Kammern sind aus dem Felsenkern ausgehauen, welches selbst bei der sehr hohen, größten Kammer der Fall ist. Mehrere ohne Kalk aufgeführte Mauern, die man hin und wieder im Inneren antrifft, sind offenbar von späterer Construction.

In keiner bis jetzt zugänglichen Pyramide hat man Hieroglyphen bemerkt, hier findet sich die Thür einer Nebenkammer mit in Relief gearbeiteten Hieroglyphen eingefaßst, und über einer anderen Thür sind mit schwarzer Farbe Hieroglyphen gezeichnet. Die Wände dieser beiden Kammern sind mit grünen, convexen Porcellanstücken mosaikartig überkleidet, die mittelst einer besonderen Vorrichtung in Stucco eingesetzt wurden.

Der Freiherr und General von Minutoli notierte in seinem Forschungstagebuch Erfahrungen mit aufgefundenen Schriftrollen und Papyri. Zum Teil hatte er sie selbst entdeckt, andere hatte er von Ägyptern erworben. Als diese das Interesse der Europäer bemerkten, stiegen die Preise. Gleichfalls hatte er entdeckt, dass die Ägypter versiegelte, große Schriftrollen öffneten, die Verschlüsse an den Enden entfernten, sie auseinanderschnitten und die somit vermehrten Schriftrollen an den Enden mit Verstöpselungen wieder verschlossen, die vom ungeübten Auge kaum von den ursprünglichen unterschieden werden konnten.

Als der General über seinen Aufzeichnungen gerade überlegte, wie er den Fund von alabasternen Vasen und Schalen sowie eines heiligen Geierkopfes, der sogenannten Pharaonshenne, in der Stufenpyramide formulieren sollte, wurde der Zelteingang aufgerissen, und ein Forschungsreisender aus seiner Begleitung stürmte formlos herein. Der General blickte auf und bemerkte dessen Aufgeregtheit.

„Herr General“, schnappte dieser. „Wir haben die Artefakte gereinigt, die Sie heute aus der Pyramide geholt haben.“

„Und?“

„Sie sind offensichtlich auf einen beigesetzten Fürsten gestoßen.“

Mit diesen Worten winkte er einen weiteren Europäer und einen arabischen Diener herein, der etwas auf den Armen trug, was in Decken eingeschlagen war. Dann nahm er dem Araber das Bündel aus der Hand, legte es dem General auf seinen Arbeitstisch und schlug die Decke auf. Zum Vorschein kamen ein prachtvoller Schädel und Fußsohlen aus purem Gold, die im Kerzenlicht mystisch aufschienen. Nach einer Weile tiefen Schweigens hatte sich der Glanz des Fundes in den Blick des Expeditionsleiters übertragen. Er stand auf und drückte dem Überbringer stumm und bewegt die Hand.

Kapitel 13

Amandus Abendroth packte die Kiste in den Kofferraum des alten Benz und ließ das Hadler Fährhaus im Abenddunkel hinter sich. Bald bog er auf die B73 ein, ließ Neuhaus rechts liegen und passierte Otterndorf auf der neuen Umgehungsstraße. Schmunzelnd dachte er daran, dass die zahlreichen Kreisverkehre der Umgehung kurz nach der Eröffnung gleich wieder umgebaut werden mussten, da sie für Lastwagen und größere landwirtschaftliche Nutzfahrzeuge viel zu eng waren. Wahrscheinlich, amüsierte er sich, fuhr der Chef dieser Baumaßnahme einen Kleinwagen und hatte diesen bei den Planungen vor Augen gehabt. Typischer Fall von billig kommt teuer, jedenfalls für den Steuerzahler.

Er durchfuhr den breiteren Autobahnkreisel in Cuxhaven, wo die A27 endete oder begann, und hielt nach kurzer Zeit in der Nähe der „Alten Liebe" vor einem prächtig renovierten Haus im Kolonialstil, wie er es nannte, das 1886 erbaut worden war. Albrecht Asmuss und Jochen Knaus warteten bereits auf ihn, da er sich telefonisch angekündigt hatte. Er war sich sicher, dass er mit den beiden kein Risiko einging, da nicht nur bei Störtebekers Likedeelern Schweigepflicht herrschte, ähnlich der Omerta bei der sizilianischen Mafia. Nun gut, Pflicht zum Schweigen herrschte unter diesen Likedeelern nicht, aber er vertraute ihnen, und zu etwas Außergewöhnlichem waren die Künstler stets bereit.

Sie trugen die Kiste in das Maleratelier mit Galerie im Erdgeschoss des Hauses „Continental". Die Galerie war um diese Zeit für Besucher bereits geschlossen, was bei den unorthodoxen Öffnungszeiten nicht weiter verwunderlich war. In der Galerie umschifften sie Staffeleien mit maritimen Gemälden, die wie weitere Bilder und Kunstwerke von der See, Inseln und Küstenstreifen die Wände und den Ausstellungsraum schmückten. Von seiner geliebten und wunderschönen Segelyacht „Gezeiten“ aus hatte Jochen Knaus die meisten Motive mit eigenen Augen gesehen und in künstlerische Ausdrucksformen gewandelt. Durch seine brotberuflichen Verbindungen als Reeder waren zusätzlich in etlichen Regionen der Welt wertvolle Kontakte zu anderen Künstlern entstanden.

In den hinteren Räumen des Ateliers öffneten sie die Kiste und hoben vorsichtig einzelne Gegenstände heraus. Jochen Knaus hatte von einer Rolle eine lange weiße Papiertischdecke über den buntgefleckten Arbeitstisch gespannt, worauf sie die einzelnen Stücke ablegten. Jochen Knaus entfernte mit einem feinen Pinsel den Staub und die Spinnweben, die von Amandus noch nicht weggepustet worden waren. Dann betrachteten alle drei die vor ihnen ausgebreiteten Stücke.

Jochen Knaus setzte zu Erklärungsversuchen an. „Ich bin kein ausgewiesener Fachmann für diese Sachen, aber auch viel rumgekommen. Dieses hier“, er zeigte auf einen aufrecht stehenden Gegenstand, „scheint mir eine kleine Pyramide zu sein, die mit verschiedenen Figuren und Hieroglyphen geschmückt ist. Beim Material möchte ich mich nicht festlegen, aber es könnte Syenit sein. Ich habe etwas Ähnliches in einem Museum in Kairo gesehen mit einer Hinweistafel, dass Syenit ein Tiefengestein wäre, benannt nach dem Ort Syene in der Nähe von Assuan.“

Andere Gegenstände hielt er für bemalte griechische Vasen. Dann widmete er sich weiteren Gefäßen.

„Die sind ebenfalls mit Hieroglyphen geschmückt. Es könnten Kanopen sein.“

Amandus Abendroth und Albrecht Asmuss blickten ihn fragend an.

„Kanopen werden Gefäße genannt, in denen die Eingeweide oder die inneren Organe von Verstorbenen im Alten Ägypten gesondert bestattet wurden, während der restliche Körper einbalsamiert und für die Ewigkeit haltbar gemacht wurde. Das sind die berühmten und berüchtigten Mumien.“

Amandus und Albrecht schüttelten sich und verzogen die Gesichter. Nun nahm er sich die eingewickelten und bemalten Gegenstände vor, von denen Amandus gehofft hatte, dass sie keine toten Babies enthielten.

„Dies scheinen Tiermumien zu sein. Denn etliche Tiere wurden im Alten Ägypten hoch verehrt, zum Teil sogar als Götter oder gottähnliche Wesen. Und hier haben wir bemalte Masken verschiedener Art, die kultischen und religiösen Zwecken dienten.“

Albrecht Asmuss wollte zu den bemalten Masken einen Kommentar abgeben, unterließ es aber nach einem Blick auf Amandus.

Die Tonkrüge waren noch in der Kiste, aber der Deckel war geöffnet. Jochen Knaus hielt den Inhalt für Papyrus- oder Pergamentrollen.

„Das sollten wir lieber da drin belassen, um nichts zu zerstören. Da müssen echte Fachleute ran.“

Er setzte den Deckel behutsam wieder auf den Tonkrug.

„Was für einen Wert hat das alles?“ fragte nun der Lokalreporter auf Recherche.

„Schwer zu sagen. Hängt davon ab, ob es ganz seltene Stücke sind oder nicht. Aber alles aus dem Alten Ägypten hat einen gewissen Wert, und daher scheinen die Sachen zu stammen. Und viele Museen oder Privatsammler würden dann ziemlich hohe Summen zahlen. Und falls die Schriftrollen Texte enthalten, nach denen die Bibel neu geschrieben werden muss, hast du eine Sensation."

Amandus Abendroth fotografierte alle aufgereihten Altertümer und warf die Frage nach einem sicheren Aufenthaltsort auf. Jochen Knaus führte sie in einen weiteren Raum des Ateliers und zeigte vergnügt auf ein historisches Werk der Ingenieurskunst. Es handelte sich um einen über zwei Meter hohen und auch in Tiefe und Breite gewaltigen Tresor, der Patina angesetzt hatte und mit Ornamenten verziert war, die nach ursprünglicher Goldbronze aussahen. Amandus grinste und nickte zustimmend. Nach fünfzehn Minuten vorsichtigen Umräumens waren die Artefakte unter Verschluss. Die alte Seekiste verstaute Amandus wieder im Kofferraum des Benz.

Kapitel 14

Amandus Abendroth blickte über den aufgeklappten Laptop aus dem Fenster seines Arbeitszimmers im Hadler Fährhaus. Über die Toppen geflaggt zog die „Heimkehr“ vorbei, eine hochseetaugliche Yacht, die auf den ersten Blick an einen Kutter erinnern konnte. Begleitet wurde sie von über dreißig Schiffen zu ihrem Heimathafen in Oberndorf. Das war angemessen, befand Amandus, nach zweijähriger Weltumsegelung und zweifacher Atlantiküberquerung. Ein Kollege vom Oste-Kurier war vor Ort, vermutlich der Chefredakteur selbst. Die Geschichte hätte ihn auch gereizt, aber er hatte jetzt anderes zu tun.

Er nahm das Telefon aus der Ladestation und rief eine Nummer in Oldenburg an. Mit einem guten alten Bekannten klärte er einen Termin für die nächsten Tage ab und erzählte ihm in Kurzform, worum es ging. Dann überlegte er, welche Schritte in welcher Reihenfolge seine Recherche am besten befördern würden. Es konnte natürlich immer ein Auftrag aus der Redaktion dazwischenkommen, aber das gehörte zum Job, den er im Wesentlichen gerne machte.

Er wollte unbedingt mal über den ganzen Fall mit Anke Tiedemann sprechen, denn sie hatte mehrfach bewiesen, dass sie klug war und über einen gesunden Menschenverstand verfügte.

Amandus checkte routinemäßig die neuesten Meldungen der Agenturen und war plötzlich elektrisiert und schockiert zugleich. Die Nachricht eines mysteriösen Todesfalles in der

Hamburger Commerzbibliothek ließ ihn noch relativ gelassen, hingegen nicht, dass es sich bei dem Toten um den dreiundzwanzigjährigen Studenten Konstantin W. aus dem Landkreis Cuxhaven handeln sollte. Laut dpa-Meldung wurde ein Tötungsdelikt vermutet, obwohl sich die Hamburger Polizei aus ermittlungstaktischen Gründen nicht weiter dazu äußern wollte. Um auch die Boulevardpresse zu bedienen, war in der Meldung angefügt, dass eine Bibliothekarin einen Nervenzusammenbruch erlitten hatte, nicht mehr beruhigt werden konnte und traumatisiert mit einer Ambulanz auf dem Weg in die Universitätsklinik Eppendorf war, das UKE.

Minuten später saß Amandus Abendroth in seinem Benz, und die möglichen mobilen Blitzer auf der B73 hakte er als Berufsrisiko ab. Nach einer Rekordfahrt über Stade, Neukloster, Harburg und die Wilhelmsburger Reichsstraße fand er eine Lücke auf seinem alten Geheimparkplatz an der Ecke Neuer Jungfernstieg und Esplanade. Auf dem Weg über den Rathausplatz verschwendete er keinen Gedanken an eine Einkehr im geliebten, altehrwürdigen Ratsweinkeller, dem jetzt von einem merkwürdigen Marketing-Genie der Name „Parlament" verpasst worden war. Wenn sie es wenigstens „Senatsklause" oder „Bürgerschaftskeller" genannt hätten, oder noch besser, gar nichts geändert hätten.

Auf der Rückseite des Rathauses am Adolphsplatz erreichte er den schönsten klassizistischen Profanbau der Elbmetropole, welcher die Handelskammer Hamburg beherbergte, wie die Commerz-Deputation seit 1867 hieß. Bereits das säulengetragene Eingangsportal war mit rot-weißen Plastikbändern abgesperrt. Kurze Zeit später hatte das journalistische Trüffelschwein mit Hilfe eines alten Studienfreundes von der Senatskanzlei den internen Übergang vom Rathaus zur Handelskammer überwunden, welcher die Verbundenheit der beiden mächtigsten Hamburger Institutionen symbolisierte.

Dann sah er die Bescherung. Konstantin Warmbach hing – journalistisch betrachtet zum Glück immer noch – mit einem Seil um den Hals an einem Geländer des Effektensaales, dem ehemaligen Handelsplatz der Wertpapierbörse. Das Seil war mit Hilfe eines alten Oktanten am Geländer im dritten Stock festgedreht worden, sein gelbes Polohemd war blutdurchtränkt. Amandus nahm aus den Augenwinkeln die Schätze der Commerzbibliothek wahr, die vor dem öffentlichkeitsfreundlichen Umbau in einem Keller verwahrt worden waren. Beiläufig registrierte er Kaufmannsliteratur aus vergangenen Jahrhunderten und auf der Themeninsel „Piraten und Politiker" eine Seekarte von 1628. Ein Atlas, weitere Seekarten und zwei ledergefasste Bücher lagen blutbefleckt am Boden.

Bald hatte er eine Bibliothekarin aufgespürt, die ihre Nerven noch einigermaßen im Griff hatte und ihn für einen Kripobeamten hielt. Sie berichtete mit belegter Stimme.

„Er hatte nach Seekarten gefragt, in denen Schiffsunfälle in der Elbmündung vor etwa zweihundert Jahren verzeichnet sind, und ich habe ihm alles an Karten und Literatur gebracht, was wir dazu hatten. Er sagte noch, dass er es für eine Diplomarbeit brauchen würde und dies in keine falschen Hände geraten dürfe, damit wertvolle Erkenntnisse der Wissenschaft nicht verloren gingen. Auf meine Nachfrage, wie er das meinte, lächelte er nur und setzte sich in den Lesesaal. Als wir gestern schlossen, waren er und das Material nicht mehr aufzufinden. Meine Kollegin fand ihn heute Morgen."

Sie wies auf das Geländer und den toten Studenten, an dem sich jetzt die Hamburger Kriminaltechnik in weißen Plastikanzügen noch einmal zu schaffen machte. Amandus dachte an die Uni-Klinik in Eppendorf. Er überlegte und sprach halblaut vor sich hin: „Irgendwie erinnert mich das an Wolf Amelung."

„Haben Sie eben Wolf Amelung gesagt?" fragte die feinhörige Bibliothekarin.

„Ja, habe ich. Kannten Sie, äh, kennen Sie ihn?"

„Eigentlich sind wir hier sehr diskret, hanseatisch eben, mit einer 275-jährigen Tradition", begann sie und brach wieder ab.

„Das ist ein besonderer Fall. Es könnte wichtig sein."

„Also gut. Wolf Amelung ist international tätiger Im- und Exportkaufmann. Außerdem sehr kunstinteressiert, weshalb er einige Jahre sogar Vorsitzender des Ausschusses für Kulturförderung der Handelskammer war. Aber", sie zögerte kurz, fuhr dann jedoch entschlossen fort, „seine Seriosität entsprach nicht der eines ehrbaren Hamburger Kaufmanns ..."

„Na ja, das ist ein weites Feld." Ihm lag ein richtig sarkastischer Satz auf der Zunge, den er aber verschluckte, um die ehrbare Bibliothekarin nicht aus der Spur zu bringen. „Fahren Sie bitte fort."

„Außerdem soll er sich in der Finanzkrise massiv verspekuliert haben. Er soll kurz vor dem Konkurs stehen."

„Interessant. Wann haben Sie ihn denn das letzte Mal gesehen?"

„Das muss vor etwa einer Woche gewesen sein. Da saß er in der Cafeteria mit Markus Baumann zusammen und drei jungen Männern in Business-Anzügen und mit gegelten Haaren, also die üblichen Jungmanager."

Amandus sah einige Männer und Frauen in Zivil näherkommen, die den Eindruck tatsächlicher Hamburger Kripobeamter machten.

„Danke. Das war sehr hilfreich. Ich muss los."

„Machen Sie kein Protokoll, das ich unterschreiben muss?"

„Das machen die Kollegen. Ich schick sie gleich her.“

Wenige Minuten später befand sich Amandus Abendroth auf dem Rückweg. Markus Baumann und Wolf Amelung kannten sich. Dank an den Kommissar Zufall oder besser, den investigativen Journalisten Zufall.

Kapitel 15

Dem schwarzen 7er BMW wurde nach Kontrolle durch die Überwachungskamera automatisch das schwere schmiedeeiserne Einfahrtstor geöffnet. Er fuhr die gewundene Auffahrt durch den Park mit altem Baumbestand und hielt vor dem beeindruckenden Säulenportal der mächtigen alten Villa an der Hamburger Elbchaussee, die eher an ein Schloss erinnerte. Hier wurde nach hanseatischer Art über Geld nicht gesprochen, man hatte es.

Der Fahrer und seine attraktive Begleiterin im dezenten Businessanzug wurden vom Butler des Hauses in Empfang genommen und durch palastähnliche Räumlichkeiten mit entsprechender Einrichtung in die Bibliothek mit Elbblick geleitet. Der distinguierte, hochgewachsene Hausherr mit wallendem weißen Haar stand aus einem Ledersessel auf und begrüßte die Eintretenden freundlich. Trotz der Haarfarbe und der Goldrandbrille machte er in seinem Marineblazer und der grauen Flanellhose auf die Gäste einen lebhaften, beinahe jugendlichen Eindruck. Er bot ihnen zwei gleichartige Lederfauteuils an und nahm auf der anderen Seite des noblen, polierten Holztisches Platz. Der Butler verließ diskret den Raum, nachdem er Kaffee, Gebäck und Mineralwasser serviert hatte.

„Schön, dass Sie gekommen sind. Wie Sie wissen, bin ich ein begeisterter, meine Frau sagt gelegentlich fanatischer, Sammler. Es muss sich aber um außerordentliche Stücke handeln, keine historische Dutzendware."

Er machte eine wegwerfende Handbewegung.

„Zum Glück kann ich mir Raritäten und herausragende Unikate leisten. In dieser Hinsicht bin ich direkt, damit wir wissen, woran wir sind, obwohl es eine zutiefst unhanseatische Äußerung ist. Aber das wissen Sie ja", wies er auf sein männliches Gegenüber, „sonst würden wir hier nicht zusammensitzen. Außerdem möchte ich über den jeweiligen Hintergrund und die Geschichte des Stückes gründlich informiert werden. Weiterhin verlange ich absolute Diskretion, wofür ich gut, nein, sehr gut zahle. Genug meiner Vorrede, lassen Sie uns das Privatissimum beginnen."

Der sportliche und kräftige männliche Gast im gedeckten dunkelblauen Anzug rückte seine Krawatte mit dem Wappen der Freien und Hansestadt Hamburg zurecht. Dem stolzen Tor zur Welt, worüber die Bremer lästerten, dass sie den Schlüssel dazu hätten.

„Ich darf Ihnen noch einmal Frau Professor Josephine Lacroix von der Universität Genf vorstellen. Wir arbeiten bereits seit Jahren vertrauensvoll zusammen, wie ich Ihnen mitgeteilt habe. Sie ist eine renommierte Archäologin und Papyrusexpertin. Bitte, Frau Lacroix."

Die Augen der beiden Männer richteten sich auf die gelehrte Frau mit den halblangen rötlich-braunen Haaren und den warmen braunen Augen, etwa Ende dreißig oder Anfang vierzig. Trotz ihres dezenten Businesslooks ließen sich ihre weiblichen Reize nicht verbergen. Schon die ersten Worte ihrer leicht rauchigen Altstimme, in perfektem Deutsch mit reizvollem französischem Akzent, fesselten ihre Zuhörer. Ihre charmante Intelligenz und Sachkunde wirkte auf bestimmte Männer zusätzlich anziehend, sogar erotisierend. Sie hatte eine blaue Mappe vor sich auf den Tisch gelegt, die sie aber durchgängig nicht benötigte.

„Bevor ich auf das in Frage kommende Textfragment eingehe, möchte ich auf ähnliche Funde zu sprechen kommen, damit Sie es besser einordnen können. Wobei die Fundgeschichte oft ebenso interessant ist wie die Texte selbst. Eine der bekanntesten Geschichten, zumindest in der Fachwelt, betrifft den Codex Sinaiticus.

Der deutsche Theologe Konstantin von Tischendorf reiste im Mai 1844 zu einem der ältesten noch erhaltenen Klöster der Welt, dem St. Katharinen Kloster am Fuß des Moses-Berges auf der Sinai Halbinsel. Er war auf der Suche nach alten Handschriften, denn die Klosterbibliothek umfasst 26.000 handschriftliche Bände außer den gedruckten Büchern. Die Mönche erwiesen sich als freundliche Gastgeber, doch über die Bestände der Bibliothek konnte keiner der Brüder genaue Auskunft geben, zumal die Mönche aufgrund mangelnder Griechischkenntnisse nicht in der Lage waren, die in der Klosterbibliothek verwahrten Schätze in ihrem Wert umfassend zu würdigen. Tischendorf begann selbst die Bestände der Bibliothek zu untersuchen. In einem Papierkorb neben dem Kamin fielen ihm 129 Seiten einer prächtigen Pergamenthandschrift auf. Die Mönche nutzten die Blätter, die ihnen bedeutungslos erschienen, dazu, das Kaminfeuer zu entfachen und hatten nach eigenem Bekunden bereits zwei Körbe voll verheizt.

Wie Tischendorf erkannte, enthielt der griechische Text Teile aus dem Alten Testament, und die Form der Buchstaben ließ eine Datierung auf die Mitte des 4. Jahrhunderts zu. Die Mönche gestatteten Tischendorf, dreiundvierzig Blätter dieser Handschrift nach Leipzig mitzunehmen, wo er diese 1846 veröffentlichte. Sie liegen bis heute in der dortigen Universitätsbibliothek."

Sie nippte am Mineralwasser, was der wohlhabende Sammler zu einem Einwurf nutzte.

„Ein echter Krimi."

„Der aber noch weitergeht", fuhr die Professorin fort. „Den Fundort dieser alten Handschrift gab Tischendorf nicht preis. Er hoffte, die restlichen sechsundachtzig Blätter ebenfalls noch zu erhalten. Bei einem weiteren Besuch des Katharinenklosters 1853 waren die Blätter nicht auffindbar, auch 1859 wusste keiner der Mönche etwas über deren Verbleib. Doch am Abend des 4. Februar 1859 – die Kamele waren bereits vor der mit Reliefornamenten verzierten Holztür für die Abreise gerüstet – spielte sich eine legendäre Szene ab."

Die beiden Männer hingen gebannt an ihren Lippen, als sie einen Schluck Kaffee nahm und fortfuhr: „Nach Tischendorfs Bericht wurde er vom Verwalter des Klosters zu einem Abschiedstrunk in seine Zelle eingeladen. Nach einer Weile gab er zu erkennen, dass er im Besitz einer griechischen Bibel sei. Aus einem Schrank holte er ein in rotes Tuch eingeschlagenes Bündel hervor. Darin befanden sich nicht nur die sechsundachtzig vermissten Pergamentblätter aus dem Alten Testament, sondern darüber hinaus das gesamte Neue Testament. Zusätzlich enthielt der Kodex apokryphe Schriften der frühen Christenheit ..."

„Apokryph ...?" fragte der Sammler.

„Als neutestamentliche Apokryphen bezeichnet man ‚verborgene' oder ‚geheime' Texte, so der wörtliche Sinn der Bezeichnung, die aus dogmatischen oder kirchenpolitischen Gründen nicht in den Bibelkanon aufgenommen wurden. Bei den zusätzlichen Texten handelte es sich um den Barnabasbrief und den Hirten des Hermas, was beides bisher nur in Bruchstücken bekannt war. Zusammenfassend gesagt: Auf diese Weise wurde eines der bedeutendsten Bücher der Welt aufgefunden."

„Chapeau für Herrn von Tischendorf. So etwas würde ich allerdings gerne als Rarität oder Unikat in meine Sammlung aufnehmen. Aber fahren Sie mit Ihrer Einordnung fort. Ich höre Ihnen gerne und fasziniert zu.“

„Auf die Qumran-Funde, die sogenannten Schriftrollen vom Toten Meer, möchte ich hier nicht näher eingehen, denn ...“

„Es ist mir in Grundzügen durch Presse- und Fernsehreportagen bekannt. Soweit ich mich erinnere, wurden etwa 1947 per Zufall von einem Beduinenjungen auf der Suche nach seiner Ziege an den zerklüfteten Berghängen nahe Qumran am Westufer des Toten Meeres alte Schriftrollen in einer Höhle gefunden. In der Höhle entdeckte der Hirtenjunge einige Tonkrüge, in denen vor Urzeiten eine Reihe von ledernen Schriftrollen versteckt worden waren.“

„Korrekt“, bestätigte die Archäologin und Papyrusexpertin. „Im Zuge von Nachforschungen fand man in der Nähe von Qumran Ruinen einer Festung, in der vermutlich Essener im ersten Jahrhundert nach Christus lebten, die, so der bisherige, nicht endgültige Stand der Forschung, diese Schriftrollen vor dem Jüdischen Krieg um das Jahr 70 nach Christus in diesen Höhlen vor römischen Legionen versteckt haben könnten.“

Sie blickte auf die Uhr und entschuldigte sich mit ihrem Flug ab Fuhlsbüttel.

„Ich habe aber noch Zeit, um näher an das in Frage stehende Schriftstück heranzurücken, auch wenn ich etwas abkürzen muss. Es ist das bisher älteste Handschriftenfragment, das heute als P52 im wissenschaftlichen Katalog der alten biblischen Handschriften geführt wird. Es ist ein Papyrusfragment, dessen Entstehung man heute auf etwa 125 nach Christus datiert.

Im Jahre 1920 unternahmen zwei englische Wissenschaftler Ausgrabungen im Gebiet von Fayum in Ägypten. Sie fanden dort sehr alte Papyrusfragmente, die in dem dort herrschenden extrem trockenen Wüstenklima vor Feuchtigkeit verschont blieben. Das relativ empfindliche Material war unter Sand verschüttet und somit vor Lichteinwirkung geschützt, was dem Erhalt über viele Jahrhunderte diente.

Erst einige Jahre später stieß ein anderer Wissenschaftler in England bei der Durchsicht der Fundsachen auf ein lediglich neun mal sechs Zentimeter großes Papyrusfragment. Es enthielt auf beiden Seiten je sieben Zeilen mit altgriechischem Text, mit einigen Versen aus dem Johannesevangelium, wobei die festgestellte Datierung überraschte. Dass eine Abschrift des Evangeliums nach Johannes bereits 125 nach Christus in Ägypten existierte, widerlegte damals vorherrschende Theorien, dass das Johannesevangelium gar nicht von dem Apostel Johannes stammen könne und erst 170 bis 180 nach Christus von jemand anderem verfasst worden sei. Die Funddatierung lässt darauf schließen, dass das Original bereits einige Jahrzehnte zuvor unter den frühen Gemeinden bekannt war und Abschriften angefertigt worden waren."

„Sagenhaft interessant", bemerkte der Sammler. „Und was führt nun zu dem Dokument, das mich interessiert?"

„Leider haben wir bisher nur eine Kopie davon und nicht das Original. Die Schriftform macht eine Datierung auf das erste Jahrhundert nach Christus sehr wahrscheinlich. Wahrscheinlich noch früher als die Qumran-Schriftrollen. Aber ohne das Original kann ich mich nicht festlegen."

„Nur das Original ist ja auch für mich interessant", fügte der hanseatische Sammler hinzu. „Können Sie schon etwas über den Inhalt sagen?"

„Nicht endgültig. Aber es könnte sich um eine wissenschaftliche Sensation handeln, die die Grundlagen des Christentums erschüttert."

„Grandios. Wie weit sind Sie mit der Spurensuche?" wandte er sich an den männlichen Gast.

„Wir sind dran. Aber es ist nicht ganz einfach. Ich hoffe, wir sind bald so weit."

„Das hoffe ich auch, sonst gibt's nämlich kein Geld. Nur Erfolgshonorar, das aber großzügig. Und ich will nichts davon wissen, wie Sie es beschaffen. Am besten bekomme ich es mit legalen Herkunftspapieren, was auch Ihre Angelegenheit ist."

Er griff in die Innentasche der Marineblazers, zog einen gut gefüllten Umschlag hervor und reichte ihn Professor Josephine Lacroix über den noblen Tisch.

„Bitte schön, hier ist Ihr vereinbartes Vortragshonorar plus Reisekosten. Sie wissen, dass mir ein schönes Gutachten ebenfalls lieb und teuer ist."

Sie nickte nur kurz mit verschlossenem Gesicht und steckte den Umschlag in ihre Handtasche. Sie standen auf und wandten sich zum Gehen, als ihr Begleiter zum hanseatischen Sammler sagte: „Bei der Recherche nach dem Original bin ich auf die Spur einer ebenso interessanten Rarität, eines unglaublichen Unikats gestoßen, das nach Ihrem Geschmack sein wird. Ich werde mich melden, wenn ich Genaueres weiß."

„Aha, ein wertvoller Beifang. Falls es tatsächlich meine Leidenschaft trifft, gibt es natürlich einen satten Bonus. Für beide. Auf Wiedersehen."

„Einen kleinen Moment, bitte. Das vereinbarte Erfolgshonorar ist in Ordnung. Aber die Recherchen sind sehr aufwendig und ohne diskretes Personal nicht zu bewältigen. Ich benötige einen Vorschuss, oder ich muss die Sache einstellen.“

Der gediegene Sammler überlegte einen Moment, verließ dann die Bibliothek ins Nebenzimmer und kam bald mit einem ebenfalls prall gefüllten Umschlag zurück. Er übergab ihn mit den Worten: „Das verrechnen wir später mit dem Honorar. Falls Sie nicht liefern, habe ich mit Zitronen gehandelt.“

Der Butler erschien, und die Audienz war beendet. Der leidenschaftliche Sammler blickte den beiden nach. Natürlich hatte er vorab ausführliche Erkundigungen über seine Gäste eingeholt, weshalb er auch so unverhohlen und direkt über Geld gesprochen hatte. Beide steckten in einer Finanzklemme, sie auf ihre Weise, er auf seine Art.

Kapitel 16

Der Erste Hauptkommissar Karl Langner hatte zu einer Sitzung in das Besprechungszimmer des Zentralen Kriminaldienstes in Cuxhaven eingeladen. Außer ihm waren sechs Personen anwesend, darunter drei Frauen, eine von ihnen die Pressesprecherin der Polizei, sowie die Hauptkommissare Hans-Heinrich Drewes und Fritjof Martens aus Cadenberge.

„Moin, meine Damen und Herren. Ich habe Sie beziehungsweise euch zusammengerufen, um den gegenwärtigen Ermittlungsstand im Fall des Tötungsdelikts an Wolf Amelung zu rekapitulieren. Und natürlich um Schlüsse daraus zu ziehen. Hier habe ich den abschließenden Bericht der Gerichtsmedizinerin aus Hamburg, die die Obduktion in Stade vorgenommen hat. Ich sage es mal in meinen Worten: Der Tote wurde nachts gegen ein Uhr von Amandus Abendroth und Albrecht Asmuss an der Kugelbake hängend entdeckt. Laut Gerichtsmedizinerin ist der Tod allerdings sieben bis acht Stunden früher eingetreten, und zwar im Wohnzimmer des Hofes am Ostedeich, wie wir eindeutig von der Kriminaltechnik wissen."

Er wies auf eine schwarzhaarige Kollegin, die zustimmend nickte.

„Sorgfältig wie die Gerichtsmedizin ist, hat sie zunächst die Möglichkeit eines Suizids untersucht ..."

„Das war wohl bei einer Leiche, die an der Kugelbake baumelte, reichlich überflüssig, noch dazu bei einer offensichtlich erstochenen“, ließ sich etwas vorlaut ein junger Kollege vernehmen.

„Nicht unbedingt. Es hätte ein Suizid auf dem Bauernhof sein können, jemand hat die Leiche gefunden und aus Motiven, die wir noch nicht kennen, zur Kugelbake geschafft. Zu Ihrer Fortbildung gehe ich nun, obwohl ich es übergehen wollte, auch auf eine solche Untersuchung ein. Denn so einfach ist es nicht, zwischen Mord und Selbstmord zu unterscheiden, auch bei Stich- oder Schnittwunden. Je mehr Schnitte zu sehen sind, umso wahrscheinlicher ist ein Selbstmord.“

Der junge Kollege blickte nur fragend, sagte aber nichts mehr.

„Selbstmörder machen häufig Probeschnitte, oder sie schaffen es nicht beim ersten Versuch. Sich die Pulsadern aufzuschneiden ist alles andere als einfach. Man muss der Länge nach schneiden und ziemlich tief. Nebenbei bemerkt gibt es auch Fälle, wo kein Selbstmord stattfinden soll und es nur ein Schrei nach Aufmerksamkeit oder ein Hilfeschrei ist. Und man muss die Schlagader gleich treffen, denn sobald der Messergriff blutig wird, rutscht er aus der Hand. Zuweilen dauert es dem Selbstmörder zu lange bis zum Ende, und er schneidet etliche Stellen auf, wo er Schlagadern vermutet. So eine Leiche kann regelrecht massakriert aussehen, aber es ist trotzdem kein Mord.“

Einige Kolleginnen und Kollegen schauten trotz Berufserfahrung betreten und hofften, dass dieser kriminalistische Exkurs bald vorbei sein würde. Karl Langners aufmerksamen Augen entging dies nicht.

„Sorry, aber da müssen wir jetzt durch. Insbesondere für unsere jungen Kollegen, die jederzeit mal mit solch einem Fall konfrontiert werden können. Also, Selbstmord durch Kehlschnitt ist auch nicht so selten. Wenn man einen Mann mit Kehlschnitt im Badezimmer findet, fand der Schnitt wahrscheinlich mit Sichtkontrolle vor dem Spiegel statt. Ist der Selbstmörder Rechtshänder, läuft der Schnitt an der rechten Halsseite lang aus, umgekehrt bei einem Linkshänder. Wenn der Schnitt nicht tödlich war, vollenden einige die Tat mit dem Strick oder gehen ins Wasser."

Karl Langner griff nach seiner Kaffeetasse und wies das versammelte Team einladend auf die Kaffeekanne und die gestapelten Tassen hin.

„Fehlen die Probeschnitte, kann es ein wichtiges Indiz für ein Tötungsdelikt sein."

Alle atmeten spürbar auf, dass der Leiter des Fachkommissariates 1 seine Fortbildung zum Thema Suizid offenbar beendet hatte.

„Weist das Opfer zusätzlich Schnitte an der Innenseite von Hand und Fingern auf, hat es ein Messer abzuwehren versucht. Es wurde also angegriffen. Das trifft laut Rechtsmedizin auf diesen Fall zu." Karl Langner machte eine Pause und blätterte in dem vor ihm liegenden Bericht. „Es gab zwei Stichverletzungen beim Opfer, wie die Gerichtsmedizinerin festgestellt hat. Eine rechts unter den Rippen, eine zweite direkt ins Herz, die tödlich war. Die Tatwaffe ist bisher nicht gefunden worden, aber es soll sich wahrscheinlich um ein großes Messer mit breiter Klinge gehandelt haben, die Gerichtsmedizin hält sogar eine Lanze oder etwas Ähnliches für möglich."

Die schwarzhaarige Kollegin von der Kriminaltechnik ergriff das Wort. „Und es sind nur schwache Versuche unternommen worden, die Blutspuren am Tatort zu beseitigen, was letztendlich sowieso nicht gelungen wäre. Wir haben selbstverständlich auch nach DNA-Spuren gesucht und etliche gefunden. Wir können nur hoffen, dass der oder die Täter keine Plastikanzüge getragen haben wie wir von der KTU."

„Okay, ihr meldet euch, wenn ihr mehr wisst. Kommen wir zur Platzierung der Leiche an der Kugelbake und zu den seltsamen Gewändern und der Maske. Ich lasse der kriminalistischen Theoriebildung freien Lauf. Bitte." Der Erste Hauptkommissar Karl Langner lehnte sich zurück.

„Noch ein Nachtrag von der KTU", sagte die Kollegin von der Kriminaltechnik. „Die Stiche sind durch das mantelähnliche, weiße Kleidungsstück mit dem roten Kreuz geführt worden. Er muss es also schon vor der Tat getragen haben."

Karl Langner warf das übergeworfene Kleidungsstück des Toten und die aufgefundene Maske mit Laptop und Beamer an die Leinwand des Konferenzraumes. Fritjof Martens meldete sich zu Wort.

„Ich bin vor einigen Monaten auf Einladung einer Bundestagsabgeordneten aus einem Nachbarkreis, wir selbst haben ja gegenwärtig keine mehr ..."

„... was auch gut ist, denn die Roten müssen weg, dafür haben wir einen ...", warf Hans-Heinrich Drewes ein, was Fritjof Martens kontern ließ: „Und was für einen schwarzen Doppelzüngler, was die Elbvertiefung angeht ..."

Mit einem missbilligenden Blick von Karl Langner war das Geplänkel beendet, und Hans-Heinrich Drewes lehnte sich grinsend zurück.

„Nach dem Besuch im Bundestag habe ich auf eigene Faust das Ägyptische Museum besucht, was jetzt wohl Neues Museum heißt. Dort habe ich ähnliche Masken gesehen, kann mich aber nicht mehr genau an die Inschriften mit den Erläuterungen erinnern. Ich glaube aber, dass sie eine religiöse Bedeutung haben. Und das rote Kreuz sieht anders aus als beim DRK, erinnert mich eher an die Johanniter."

„Mich auch", ergänzte Heiner Drewes. „Und das Aufhängen an der Kugelbake sieht aus wie eine Demonstration oder etwas in der Art. Was will uns der Täter damit sagen?"

Karl Langner nahm den Faden auf.

„Oder wem will der Täter damit etwas sagen? Und was? Wir müssen natürlich auch in Betracht ziehen, dass es sich schlichtweg um einen Wahnsinnigen oder auch mehrere kranke Hirne handelt. Wir werden trotzdem als Nächstes die Bedeutung der Maske und des roten Kreuzes klären und kommen damit vielleicht einem Motiv näher. Zur Not müssen wir einen Profiler vom LKA in Hannover einschalten, aber häufig sind die auch nicht schlauer als wir, drücken sich nur gewählter aus. Fritjof und Heiner, ihr werdet noch mal das Umfeld von Wolf Amelung abklären, Nachbarn befragen und so weiter, wie üblich. Was macht eure Bootsüberprüfung? Albrecht Asmuss hat die Aussage von Amandus Abendroth bestätigt, dass er so etwas wie einen Bootsmotor gehört hat, den er aber nicht zuordnen konnte."

„Wir sind dran und stellen eine Liste auf. Bleibt aber die Frage, ob das wirklich was bringt. Denn Auswärtige sind schwer festzustellen, besonders wenn sie nicht in einem Hafen vor Anker gegangen sind und sich nicht beim Hafenmeister angemeldet haben. Aber wir machen weiter."

„Okay. Ich spreche noch mit Einzelnen von euch über jeweilige Details. Nun ein Letztes: Die Hamburger Kollegen haben uns über ein Tötungsdelikt in der Commerzbibliothek der Hamburger Handelskammer informiert. Der Tote wohnte in unserem Zuständigkeitsbereich. Ich werde mich um weitere Einzelheiten kümmern und halte euch auf dem Laufenden. Danke, Kolleginnen und Kollegen, das war's für heute."

Kapitel 17

Amandus Abendroth notierte, was er noch erledigen wollte. Nach dem schockierenden Erlebnis in der Hamburger Commerzbibliothek wollte er mit John Neumann über Konstantin Warmbach sprechen. Auch an Heinz Brandes vom Heimatmuseum hatte er noch eine Frage. Er sah auf seine Weltzeituhr in der Küche und blickte dann aus dem Fenster. Die Sonne stand hoch über der Oste, einige Schäfchenwolken zogen am blauen Himmel vorbei. Er ließ den Autoschlüssel auf der Flurgarderobe liegen, nahm die helle Leinenweste vom Haken, zog sie über das orangefarbene Polohemd und entschied sich für das Fahrrad.

Der frische Fahrtwind tat ihm gut. Er nahm sich immer mehr Bewegung und Sport vor, ebenso wie gesündere Ernährung und Verzicht auf flüssige und qualmende Genussmittel. Aber bei dem Vorsatz blieb es dann meist auch. Da Amandus es aber auch verstand, günstige Gelegenheiten spontan beim Schopfe zu packen, entschloss er sich, ein wenig am Deich entlang zu radeln. Andere Vorhaben, wie wichtig und drängend sie auch schienen, mussten einfach mal etwas warten.

Als Amandus hinter einer Biegung an einer Hofeinfahrt vorbeifuhr, hörte er fremdartige Musik und Gesänge. Er stieg vom Fahrrad und lauschte. Das war der geerbte Hof von Erika Meibohm, die ihm zwar kein Interview geben wollte, ihn aber trotzdem zum Vorbeikommen eingeladen hatte. Er hielt dies für einen Wink des Reporterschicksals und beschloss, auch diese Gelegenheit beim Schopfe zu packen. Und vielleicht konnte er sie doch noch zu einem Pressegespräch überreden. Er fuhr die Schotterauffahrt auf dem grasbewachsenen Mittelstreifen entlang und wartete zunächst hinter einem Gebüsch.

Von dort konnte er den Hofplatz übersehen, ohne selbst entdeckt zu werden. Er lehnte das Fahrrad an eine Birke und drückte einige Äste nach unten. Was er dann erblickte, erschien ihm so unwirklich, dass er einige Male mit den Augen blinzelte.

Erika Meibohm war in alte orientalische oder ägyptische Gewänder gehüllt, wie Amandus sie aus Historienfilmen kannte. Umgeben war sie von acht weiteren Personen in ebensolchen Gewändern, vier junge Frauen und vier junge Männer. Die jungen Frauen trugen Stirnbänder und Schmuckreifen, die Taillen waren mit glänzenden Gürteln umschlungen. Die jungen Männer hatten sich rockartige Gewänder um die Hüften geschlungen, die bis zum Boden herabreichten. Ihre Oberkörper waren frei und mit Zeichen bemalt oder tätowiert. Auf einer Art Holzthron saß ein Mann mittleren Alters, gekleidet wie ein römischer Feldherr, soweit Amandus das beurteilen konnte.

Nun verließen zwei der jungen Männer die Gruppe, öffneten ein Scheunentor und erschienen kurze Zeit später mit einem zusammengerollten Teppich auf den Schultern, in den etwas eingewickelt war. Sie legten ihn vor dem römischen Feldherrn auf dem Holzthron ab und entrollten ihn. Zum Vorschein kam ein bildhübsches Mädchen, eine junge Frau etwa Anfang zwanzig, wie Amandus schätzte, die mit Ketten spärlichst bekleidet war, die aus der Ferne wie mit Gold und Perlen bestückt aussahen. Die junge Frau wurde dem Römer zu Füßen gelegt, dem dies sehr reizvoll erschien. Nach einer Weile erhob sie sich und begann einen hocherotischen

Bauchtanz. Dazu war wieder die Musik zu hören, deren Herkunft Amandus nicht einordnen konnte. Vielleicht vom Band.

Eine Stimme wie von einem Hintergrunderzähler ließ sich vernehmen, die Amandus aber kaum verstehen konnte. Es konnte sogar diejenige Erika Meibohms sein, wie er vermutete. Während des Tanzes glaubte er die Worte Cleopatra und Cäsar zu vernehmen. Obwohl auch er von der jungen Tänzerin in ihren Bann gezogen worden war, musste er bei diesen beiden Namen grinsen, sofern er sie richtig verstanden hatte. Cleopatra verführt Julius Cäsar mit einem orientalischen Tanz auf einem nordniedersächsischen Bauernhof im Elbe-Weser-Dreieck, zumal an der Oste. Das wäre doch eine Story. Er bekam jetzt eine Ahnung davon, warum Erika Meibohm kein Interview geben wollte. Aber das Stück ging weiter, und der Reporter vergaß darüber seine vorgesehenen Gesprächspartner.

Nachdem eine Reihe weiterer Szenen abgelaufen waren, in denen die Akteure offensichtlich auch in andere Rollen schlüpften, war nach Amandus' Gehör der römische Feldherr nun zu Marcus Antonius geworden. Er kniete sich auf der Mitte des Platzes nieder und zog sein Schwert. Den Griff stellte er auf den Boden, die Spitze richtete er gegen seinen Bauch und stürzte sich hinein. Das Schwert drang in ihn ein, und er kippte seitwärts zu Boden. Amandus vernahm ein Röcheln – und dann Stille.

Einfach unglaublich, dachte er, bin ich hier Zeuge eines Selbstmords geworden? Trotz seiner Anspannung hatte er seine Kamera aus dem Fahrradkorb geholt und schoss einige Aufnahmen mit dem Zoom. Er überlegte, ob es seine Pflicht wäre, nun dazwischenzugehen und dem makaberen Treiben ein Ende zu bereiten. Da die anderen Personen vom Tod

Marc Antons scheinbar unberührt blieben, unterließ er es zunächst.

Eine Liege wurde herbeigetragen, auf welche die Cleopatra-Darstellerin gebettet wurde. Erika Meibohm reichte ihr ein Gefäß, welches von der jungen Frau ausgetrunken wurde. Nun erschienen zwei orientalische Dienerinnen mit einem größeren Gefäß, das sie neben Cleopatra auf die Liege stellten, die dort wie in einem königlichen Ornat lag. Amandus hörte nun deutlicher die Worte, die offenbar lauter gesprochen wurden.

„Oh, Isis, göttliche Schützerin der Pharaonen, bewahre die Pharaonin vor Unheil und vereinige Dich mit ihr."

Die prächtig gekleidete und geschmückte ägyptische Königin hob den Deckel des Gefäßes ab und griff hinein. Kurze Zeit später zog sie den Arm aus dem Gefäß wieder heraus und stieß einen spitzen Schrei aus. An ihrem Arm, den sie schüttelte, hing eine Schlange, die Amandus aus der Entfernung für eine Kobra hielt. Cleopatra legte die Schlange an ihre Brust, auf der sie liegenblieb. Nach einer Weile waren die Augen der orientalischen Fürstin geschlossen, ihre Lippen leicht geöffnet. Sie wirkt entspannt, als würde sie schlafen, die schöne Herrscherin vom Nil, ging es Amandus durch den Kopf.

Die anderen Frauen stellten sich neben der toten Pharaonin auf, beugten sich auf und nieder, streuten sich Staub aufs Haupt und stimmten einen Klagegesang an. Amandus vernahm die Worte: „Osiris, Herrscher über das Totenreich, erfahre durch unsere Klage, dass die Pharaonin sich auf den Weg zu Dir gemacht hat, in die Gefilde der Unsterblichen."

Einer der jungen Männer ging nun durch die geöffnete Holztür ins Bauernhaus, die, wie Amandus vermutete, in die Diele führte. Wenige Augenblicke später trat er wieder heraus – und Amandus stockte der Atem. Er trug eine Tiermaske auf den Schultern, hatte sie sich über den Kopf gezogen. Amandus glaubte die gleiche Maske zu erkennen, wie sie Wolf Amelung an der Kugelbake getragen hatte. Er vernahm wieder die Stimme.

„Der Hüter des Geheimnisses, der Hohe Priester in Gestalt des Totengottes Anubis, des göttlichen Schakals, wird die ebenfalls göttliche Pharaonin für die Ewigkeit vorbereiten."

Aha, dachte Amandus Abendroth, nicht Hund oder Wolf, sondern Schakal. Anubis vollzog nun einige Zeremonien, und Amandus hoffte, dass er jetzt nicht die inneren Organe der wunderschönen Schlafenden entnehmen, in Kanopen füllen und die junge Frau einbalsamieren würde. Die kultischen Verrichtungen wurden wie von der Litanei eines vorlesenden weiteren Priesters begleitet. Zum Glück blieben die Organe in der jungen Frau. Sie wurde mit Amuletten versehen, und eine Art Papyrusrolle wurde neben ihr abgelegt. Die anderen Personen stellten jetzt Körbe mit Obst, anderen Nahrungsmitteln, Getränken, Gefäßen, Vasen und aus der Ferne nicht erkennbarem Zierrat neben der auch im Tod faszinierenden jungen Frau ab.

Einige Momente später hatte sich die Szenerie schlagartig verändert. Aus der Trauerfeier war eine heitere und gesellige Veranstaltung geworden. Der römische Feldherr Marcus Antonius stand auf, klopfte sich den Staub von seinem Gewand und zog die Schwertklinge wieder aus dem breiten Griff hervor. Die tote Pharaonin und Königin vom Nil erhob sich lächelnd von der Liege, nahm sich die heilige Kobra, die Verkörperung der Göttin Isis, von der Brust, die Amandus ohne Cleopatras Armschütteln nun eher an ein Theaterrequisit erinnerte. Die Speisen und Getränke wurden auf einen großen Holztisch unter einen ausladenden Laubbaum gestellt, und ein fröhliches Völkchen nahm auf den dazugehörigen groben Holzbänken Platz.

Amandus Abendroth überlegte kurz und kam wieder einmal zu dem Schluss, dass man sich bietende Gelegenheiten beim Schopfe packen sollte. Er schob das Fahrrad einige Meter die Auffahrt zurück, setzte sich auf den Sattel, fuhr auf den Hofplatz und klingelte zur Begrüßung. Die Tischrunde blickte überrascht zum Neuankömmling, aber keineswegs unfreundlich. Erika Meibohm stand auf und kam Amandus entgegen.

„Moin, Frau Meibohm. Sie wollten ja leider kein Interview für den Oste-Kurier geben, aber Sie meinten kürzlich, dass ich gerne mal außer Diensten vorbeikommen könne. Da bin ich nun und hoffe, dass ich nicht störe."

Er wies mit der Hand zum Tisch und der dort versammelten geselligen Runde.

„Moin, Herr Abendroth. Da bin ich mir im Moment selbst nicht ganz sicher, ob Sie stören oder nicht. Sie wundern sich vielleicht über unsere Aufmachung ..."

„Na ja, das sind wohl Gewänder, die von der hiesigen Landbevölkerung eher weniger getragen werden ..."

„Stimmt", lächelte sie charmant. „Wir haben ein szenisches Stück geprobt, das wir auch noch woanders vorstellen möchten. Es gehört aber zu meinen Kursen. Heute sollte es uns zur Religion der Alten Ägypter und der Pharaonen hinführen. Und zu langweilig darf selbst so etwas heutzutage nicht sein. Wir werden heute Abend noch ausführlicher darüber sprechen. Wir beschäftigen uns mit Fragen über Leben und Tod, auch mit Ansichten anderer Religionen, was aber zu einem erfüllten und sinnvollen Leben führen soll."

„Erfülltes und sinnvolles Leben, das würde mich auch interessieren. Hätten die Alten Ägypter da einen Tipp für mich?"

Erika Meibohm lächelte verständnisvoll, was ihr gut stand, attraktiv wirkte, wie Amandus befand.

„Ein erfülltes und sinnvolles Leben sucht fast jeder. Auch die Ägypter damals. Sie kannten zwar die Angst vor dem Tod und die Trauer um die Toten. Doch bei ihnen bedeutete der Tod nicht das Ende. Das Leben ging auf einer anderen Ebene weiter. Darum war es für sie wichtig, sich auf die zweite Existenz vorzubereiten. Die Kunst des Einbalsamierens oder des Pyramidenbaus waren nur möglich, weil die Ägypter im Tod bloß eine Schwelle zu neuem Leben sahen. Ein Begräbnis war im Alten Ägypten keine traurige Veranstaltung. Die Ägypter waren heitere, gesellige Menschen, die den Tod als Fortsetzung des Lebens betrachteten, und entsprechend ausgelassen wurde der Weg ins Jenseits gefeiert."

„Es hat ja nicht jeder Ägypter und jeder Bauarbeiter an den Pyramiden selbst eine Pyramide erhalten."

„Richtig. Das ist ein weites Feld und sollte hier nicht zwischen Tür und Angel oder zwischen Fahrrad und Esstisch abgehalten werden. Setzen Sie sich doch auf einen Tee und ein Stück Kuchen zu uns. Selbstgebacken."

Amandus nahm gerne an. Sie stellte ihn der Runde und die Runde ihm vor, die diesmal nicht ihrer üblichen, zahlenden Kundschaft entsprach, wie sie erwähnte. Einige der jungen Frauen und Männer waren Studenten verschiedener Fächer, Deutsche und andere Nationalitäten. Mohammed kam aus Alexandrien, der Mann mittleren Alters, der wiederauferstandene Marcus Antonius, war ein erfolgreicher Internetunternehmer aus Kairo, mit zweitem Vornamen Marwan, mit erstem Dr. Ing., verliehen von der TU Hamburg-Harburg, wie die Gastgeberin schmunzelnd erzählte. Ein alter Freund, den sie schon aus ihrer Ägypten-Zeit kannte, wie Erika Meibohm hinzufügte, der nur ihr zuliebe mitgespielt hätte. Cleopatra hieß bürgerlich Sabrina und war die Freundin von Mohammed.

Ägypten wurde Gesprächsthema am Tisch. Marwan erzählte, dass er bald wieder zurückfliegen wolle, da er sein Unternehmen gerade in diesen unruhigen Zeiten nicht so lange allein lassen könne, obwohl er ein exzellentes Team habe. Mohammed wollte nach dem bevorstehenden Masterabschluss ebenfalls in die Heimat zurück und die Revolutionäre unterstützen, wie er sich ausdrückte. Sabrina konnte sich vorstellen, ihn zu begleiten und ihr Studium an der American University in Kairo fortzusetzen. Das lockere Gespräch bei Tee und Apfelkuchen wandte sich der Kultur zu. Der gutaussehende Marwan bemerkte: „Es gibt fast mehr ägyptische Kulturgüter außerhalb Ägyptens als im Herkunftsland selbst. Das wurde in früheren Zeiten fahrlässig gehandhabt."

„Was aber durchaus wieder zu ändern ist." Mohammed, der Unterstützer der ägyptischen Revolution, engagierte sich sichtlich bei diesem Thema.

Nach einer weiteren Tasse Tee mit Apfelkuchen und Schlagsahne erhob sich Amandus zur Verabschiedung. Er wies mit dem Zeigefinger auf die Schakalsmaske des Totengottes Anubis, die neben Mohammed auf dem Holztisch stand.

„So eine Tiermaske habe ich auch schon mal gesehen."

Er hatte den Eindruck, dass sich einige der Teilnehmer am Tisch verstohlene Blicke zuwarfen.

„Wo denn?" fragte Erika Meibohm.

„Das kann ich gar nicht mehr genau sagen. Kann im Fernsehen oder in einem Buch gewesen sein."

Erika Meibohm und einige Gäste schienen sich zu entspannen, oder täuschte er sich?

„Das hätte mich schon interessiert, wenn es woanders gewesen wäre“, sagte Erika Meibohm. „Ich hatte nämlich zwei davon. Eine ist seit einiger Zeit verschwunden. Gestohlen, vermute ich.“

Amandus zuckte mit den Schultern und wollte nun endgültig die Runde verlassen. Erika Meibohm hielt ihn mit einer Handbewegung zurück, nachdem sie zu Marwan geblickt hatte. Hatte er fast unmerklich mit dem Kopf genickt?

„Herr Abendroth, Sie verstehen, dass ich keinen Bericht über die Aufführung in der Zeitung lesen möchte. Die Leute in der Gegend halten mich sowieso schon für verrückt oder sonderlich. Solch ein Bericht hätte in früheren Zeiten eine Hexenverbrennung zur Folge gehabt. Ganz so schlimm ist es heute nicht, muss aber nicht sein. Aber vielleicht habe ich demnächst etwas für Sie, was wir, äh, ich meine ich sogar veröffentlicht sehen möchte.“

Amandus wurde hellhörig. „Interessant. Was denn?“

Marwan schien leicht mit dem Kopf zu schütteln.

„Das werden Sie erfahren, wenn die Zeit dafür reif ist.“

„Okay. Ich bin gespannt.“

Amandus fuhr mit dem Fahrrad den Deich entlang Richtung Hadler Fährhaus und schlug mit der flachen Hand auf den Lenker. Ein irrer Hammer, diese kleine Radtour an der Oste im Cuxland.

Kapitel 18

Amandus Abendroth versorgte sich am mobilen Bäckereikiosk mit einem belegten Brötchen zum Frühstück. Dabei erfuhr er, dass der Tod von Wolf Amelung im Dorf kein Geheimnis geblieben war. Wie sollte es auch, wenn die Polizeihauptkommissare Hans-Heinrich Drewes und Fritjof Martens die Nachbarschaft befragten. Sie hatten bei ihren Nachforschungen seinen Tod erwähnen müssen, ohne allerdings Details preiszugeben. John Neumann und Heinz Brandes hatte der Lokalreporter nicht angetroffen und wollte dies demnächst nachholen. Aber zunächst hatte er eine andere Verabredung wahrzunehmen.

Amandus Abendroth fuhr über die B73 zum Cuxhavener Autobahnkreisel, nahm die dritte Kreiselausfahrt und folgte der A27 Richtung Bremen. Da er früh dran war, entschied er sich, hinter Bremerhaven den schnelleren Wesertunnel rechts liegen zu lassen, und nahm die Ausfahrt, die zur Weserfähre in Sandstedt führte. Der Tunnel wäre nicht nur schneller gewesen, sondern auch gratis, während er für die Fähre vier Euro zu zahlen hatte. Das gönnte er sich heute aber aus nostalgischen Gründen gerne.

Bei gutem Zeitmanagement konnte man bis zur Braker Weserseite einen Toilettengang, die Fährplatte und eine Zigarette mit Weserblick schaffen. Also rauf auf die Fähre, Auto verlassen und abschließen in einer gleitenden Bewegung, zum Bord-WC, bevor die Touris Schlange standen, und dann zügig im Kiosk die Fährplatte ordern. Leider stand heute vor ihm schon eine beleibte Mutti, die gleich sechs Bockwürste und sechs Cola auf einmal bestellte. Ruhig bleiben, denn die Fähre legte ab, und sie kramte langwierig im Portemonnaie. Trotzdem hatte Amandus seine Bockwurst geschafft, den Kaffee aus dem Pappbecher zur Hälfte und die Zigarette ganz, als die Fähre wieder anlegte. Der Kaffeerest ging über Bord, und der Pappbecher in den Abfalleimer.

Auf der B211 von Brake nach Oldenburg führten die landwirtschaftlichen Leistungsträger der Wesermarsch offensichtlich alle ihre vorhandenen Nutzfahrzeuge vor, was den Schnitt drückte, Amandus aber auch vor einem hinterhältig installierten Blitzer bewahrte. An einem Imbiss mit angeschlossenem Restaurant, oder umgekehrt, erstand er eine Nordwest-Zeitung, deren Qualität er ähnlich hoch einschätzte wie die des Oste-Kuriers, was schon etwas heißen sollte. In Oldenburg, wo einem Gerücht zufolge jedes Haus einen eigenen Autobahnanschluss hatte, verließ er den Ring an der Ausfahrt Bürgerfelde und fuhr die Alexanderstraße stadteinwärts. Zwischen der Lambertikirche und dem Schloss fand er schließlich einen Parkplatz, wusste allerdings als Auswärtiger dieses Glück gar nicht genügend zu würdigen.

Amandus Abendroth ging mit seinen Reporterutensilien zum Eingangsportal des ehrwürdigen Schlosses hinüber, das auch das Landesmuseum für Kunst und Kulturgeschichte beherbergte. Nach einem kurzen Telefonat der freundlichen Dame am Empfang erschien sein väterlicher Freund Dr. Maximilian Herzog, und sie begrüßten sich mit freudiger Umarmung und Schulterklopfen.

„Hast du Zeit, oder hast du es eilig?“ fragte Maximilian Herzog.

„Ich habe Zeit, warum fragst du?“

„Wir haben eine interessante Ausstellung im Haus, ‚Der zweite Aufbruch in die Moderne'. Wir könnten eine kleine Besichtigungsrunde drehen."

„Na ja, wegen ‚Moderne' bin ich nun gar nicht hier. Aber man kann immer was dazu lernen. Bitte nur eine wirklich kleine Runde."

Maximilian Herzog führte ihn zu Arbeiten von so berühmten Künstlern wie Max Beckmann, Lovis Corinth, Ernst Ludwig Kirchner, Paula Modersohn-Becker und Karl Schmidt-Rottluff. Er erläuterte, dass in der Ausstellung auch die Zeit des Nationalsozialismus thematisiert würde, in der moderne Kunst als entartet gebrandmarkt wurde. Nun blieb er vor einer kleinen Figur stehen, die Amandus allerdings in Erstaunen versetzte. Es handelte sich um eine Hitler-Skulptur in markiger Pose.

„Diese Figur erregt einige Gemüter", sagte sein persönlicher Museumsführer.

„Kann ich mir denken. Warum steht sie hier?"

„Wir haben lange überlegt und im Team diskutiert. Der damalige Museumschef fuhr einen eher kompromisslerischen Kurs, um schlimmere Beschlagnahmungen durch die Nazis zu verhindern. Daher kaufte er noch im Februar 1945 die Hitler-Skulptur an."

„Um Schlimmeres zu verhindern, war hinterher eine häufige Begründung. Hätte der schlimme Kriegsverbrecher und Massenmörder nicht im Depot bleiben können?"

„Die Figur stammt von Elsa Oeltjen-Kasimir. Sie hat diese dreißig Zentimeter hohe Bronze-Figur 1940 geschaffen, die Hitler nach dem sogenannten Anschluss Österreichs 1938 zeigt. Das Interessante ist aber, dass die Künstlerin auch unter Hitler zu leiden hatte. Eines ihrer Frühwerke wurde als ‚entartet' beschlagnahmt. Sie in beiden Facetten zu zeigen, halten wir für richtig. Außerdem musst du das

Umfeld in der Ausstellung sehen. Der Hitlerkopf blickt auf eine Wand, auf der dreiundsiebzig Nazi-Beschlagnahmungen auf abnehmbaren Karteikarten dokumentiert sind. Außerdem ist der kleine Hitler nur eines von dreihundert Exponaten der Ausstellung."

„Ich glaube das Konzept zu verstehen. Trotzdem sehr mutig. Viele hätten das aus Angst um den eigenen Kopf nicht gemacht."

Sie verließen die Ausstellung und machten sich auf den Weg zu Dr. Herzogs Büro. Unterwegs erzählte er, dass er als stellvertretender Direktor inzwischen in Pension sei, aber sein Büro im Museum hatte behalten dürfen. Er bezeichnete es als seine schönste Zeit, da er noch fit sei und jetzt relativ frei von Verpflichtungen forschen und arbeiten könne. Auch seine Tätigkeit als Honorarprofessor an der Carl-von-Ossietzky-Universität machte ihm wegen der Arbeit mit jungen Menschen noch viel Freude.

„Aber deswegen bist du ja nicht gekommen. Tritt ein." Er öffnete seine Bürotür.

Kapitel 19

Professor Dr. Maximilian Herzog lud Amandus Abendroth ein, in der Sitzecke Platz zu nehmen. Dann holte er einige Unterlagen von seinem Schreibtisch und setzte sich ihm gegenüber. Amandus holte Block und Stift aus seiner abgewetzten ledernen Umhängetasche.

„Du sagtest, dass du Zeit hättest. Oder bevorzugst du eine Kurzversion?“

„Ich bin an so vielen Details wie möglich interessiert. Macht es dir etwas aus, wenn ich ein Band mitlaufen lasse? Dann muss ich nicht alles mitschreiben. Kann gut sein, dass wir einen Bericht im Oste-Kurier veröffentlichen. Ich weiß allerdings noch nicht, wann. Kann noch etwas dauern.“

Dr. Herzog hatte keine Einwände, und Amandus stellte das Aufnahmegerät auf den Tisch.

„Wie du weißt, habe ich vor meiner Tätigkeit in Oldenburg als wissenschaftlicher Mitarbeiter am Ägyptischen Museum in Berlin gearbeitet, welches im sogenannten Neuen Museum untergebracht ist. Meine damalige Arbeit ist immer mein Hobby geblieben, wenn man so will, und Archäologie ist auch ein Schwerpunkt meiner Lehrtätigkeit an der Uni.“

Amandus nickte. „Deswegen bin ich hier.“

„Aufgrund deiner telefonischen Angaben möchte ich dir zunächst etwas über einen Adligen erzählen, der aus einer alten italienischer Familie stammte, die aufgrund der Kämpfe zwischen den Hohenstaufen und dem Hause Anjou in die Schweiz geflüchtet war.“

Amandus Abendroth blickte ihn fragend an, sagte aber nichts. Er kannte den Honorarprofessor Dr. Maximilian Herzog lange genug, um zu wissen, dass jetzt keine weitschweifige Weltgeschichte der europäischen Adelshäuser folgen würde. Allerdings war ihm auch bewusst, dass er keine verkürzte Boulevardstory zu erwarten hatte.

„Am 12. Mai 1772 wurde in Genf Johann Heinrich Freiherr von Minutoli geboren, auch Menu von Minutoli genannt. Er verbrachte seine Jugend als Sohn vermögender Eltern auf dem Landgut ‚Petit Morrillon' am Genfer See und im Badischen. Bei seinem Onkel Ludwig Moritz von Lucadou beendete er später seine Militärausbildung in Magdeburg und trat 1786 als Bombardier beim Feldartilleriecorps in preußische Heeresdienste. Aufgrund einer schweren Kriegsverletzung am Arm erfolgte 1794 seine Versetzung an das Adlige Kadettenkorps in Berlin, wo er zunächst im Range eines Stabskapitäns bis 1810 als Ausbilder tätig war.

In diesem Jahr wurde er vom preußischen König Friedrich Wilhelm III. zum sogenannten Gouverneur über dessen drittältesten Sohn, den Prinzen Carl von Preußen, berufen. 1813 bekam er zusätzlich die Erziehung des Prinzen Wilhelm übertragen, welche er bis zu dessen Volljährigkeit beibehielt. In dieser Zeit schrieb er auch Journalartikel, Bücher und engagierte sich für die Berliner Militärische Gesellschaft.

Gegen Ende seiner Gouverneurstätigkeit bereitete Minutoli, inzwischen zum preußischen Generalleutnant ernannt, eine damals sogenannte antiquarische Forschungs- und Sammlungsreise nach Ägypten vor, die vom preußischen König finanziell unterstützt wurde."

„Aha!" Der Reporter hob den gestreckten Zeigefinger in die Höhe.

„Jetzt muss ich einen kleinen Exkurs einlegen, damit du den Hintergrund verstehst."

„Bitte. Gerne."

„Napoleon Bonaparte gelang es, die Gremien der Französischen Revolution 1798 für einen Feldzug nach Ägypten zu begeistern. 35.000 Soldaten sollten die Ägypter in einem Gebiet befreien, das die englische Krone für sich beanspruchte. Kaum einer der Soldaten überlebte das militärische Abenteuer. Napoleon brachte aber auch 167 Wissenschaftler und Gelehrte mit nach Ägypten. In seinem Auftrag maßen, untersuchten und zeichneten sie alles, was vor ihre Augen kam. Im Anschluss veröffentlichten die Wissenschaftler elf große Bild- und zehn umfangreiche Textbände von der Naturwissenschaft bis zur Ägyptologie. Europas wissenschaftliche Welt war überwältigt von dem dargestellten kulturellen Reichtum und erwarb alles, was an Berichten und Objekten aus diesem Land zu kaufen war. Viele Reisende und Forscher, aber auch Abenteurer und Profiteure machten sich auf den Weg nach Ägypten."

„Was heute auch nicht anders wäre." Amandus legte den Stift auf den Block.

„Im Prinzip richtig, aber ich will nicht abschweifen. Oder doch, später. Bleiben wir zunächst in der damaligen Zeit. Viele verdienten am Verkauf der Altertümer. Erst gegen 1857 begann gegen erhebliche Widerstände die Erfassung und Verwaltung der alten Kulturgüter. Viele Europäer kamen im frühen 19. Jahrhundert auf den Spuren der Franzosen und Engländer als Abenteurer und Antiquitätenjäger nach Ägypten. Mit Geld, Schlauheit und Einflussnahme oder völlig illegal kamen sie an die alten Schätze.

Insbesondere Europas Monarchen, der Adel und das Bürgertum waren von allem begeistert, was aus Ägypten kam. Man kann von einer regelrechten Ägyptomanie als Kulturmode im frühen 19. Jahrhundert sprechen. Aus diesem Grunde wurde Minutolis Reise nach Ägypten vom preußischen König unterstützt, um in Berlin eine ägyptische Sammlung beziehungsweise ein Museum zu begründen. Minutoli trat seine Reise am 20. Mai 1820 an und nahm auch seine zweite Frau mit, die Witwe eines bei Waterloo gefallenen Obersten von Watzdorf, geborene Gräfin von der Schulenburg. Ebenfalls gelang es ihm, mehrere Gelehrte in seine Begleitung aufzunehmen, wie die Naturforscher Dr. Ehrenberg und Dr. Hemprich, den Orientalisten Dr. Scholz und den Architekten Professor Liman."

Amandus Abendroth notierte sich die Namen. Professor Herzog sah auf seine Uhr.

„Nun habe ich mich ein wenig verquatscht. Ich habe nachher noch ein Seminar an der Uni. Aber keine Sorge, es ist noch genügend Zeit, nur dass ich jetzt etwas raffen muss."

„Und du kommst auch noch zur Gottfried?"

„Klar. Gottfried, Ägypten und Schiffsfriedhof in der Elbmündung und Nordsee waren ja deine Stichworte, die mich aufhorchen ließen. Also weiter. Minutolis Expedition wurde von mancherlei Unglücksfällen und gefährlichen Hindernissen betroffen, mancher Plan musste aufgegeben werden. Einige Teilnehmer kamen ums Leben, darunter der Naturforscher Dr. Hemprich und der Architekt Professor Liman. Trotzdem gelang Minutoli so einiges.

Seine größte archäologische Pioniertat war die Eröffnung der Stufenpyramide des Pharaos Djoser in der Totenstadt Sakkara im März 1821. Die Stufenpyramide des altägyptischen Königs stammt aus der dritten Dynastie des Alten Reiches um 2.650 vor Christus. Dabei stieß er unter anderem auf einen Sarkophag sowie eine goldene Maske und goldene Fußspuren, was er dem Pharao zuordnete. Bei der Goldmaske und den Fußspuren war er sich sicher. Später befand sich ein Sarkophag aus rotem Granit in seinem Besitz, geschmückt mit symbolischen Figuren, der vermutlich nicht aus der Djoser-Pyramide stammte, aber trotzdem einen bestatteten Pharao enthalten haben könnte."

„Wow", entfuhr es dem Reporter.

„Minutoli hatte auf seiner Reise viele Fundstücke selbst entdeckt und gesammelt, einige auch gekauft, wie es damals üblich war. Diverse Stücke seiner Sammlung konnte er aus Zeitgründen in Ägypten gar nicht näher begutachten und wollte dies später in Berlin mit aller Sorgfalt nachholen. Übrigens waren viele Fundstücke mit Hieroglyphen verziert, die Minutoli und seine Begleitforscher nicht lesen konnten. Erst 1824 entzifferte der Franzose Champollion die ersten Hieroglyphen. Insgesamt hatte der Freiherr und General 117 Kisten voller Materialien gesammelt, die er per Schiff nach Triest brachte. Einen kleineren Teil dieser Kisten schickte Minutoli auf dem Landwege nach Berlin. Siebenundneunzig dieser Kisten wurden im Hafen von Triest auf den Frachtensegler Gottfried verladen."

Der Daumen des Reporters schnellte nach oben.

„Die Huker Galeasse Gottfried wurde in Greifswald gebaut und fuhr nun unter dänischer Flagge unter dem Kommando des Kapitäns Heinrich Jakob Riesbeck, der einer alten Greifswalder Schifferfamilie entstammte. Riesbeck war als junger Mann von Greifswald nach Kopenhagen gezogen und hatte mit der Gottfried schon mehrere Fahrten ins Mittelmeer unternommen. Dieser Segler verließ am 10. Dezember 1821 mit der Ladung aus Ägypten den Hafen von Triest und nahm Kurs auf Hamburg, von wo aus Minutolis ägyptische Schätze weiter nach Berlin befördert werden sollten. Die Fahrt ging durch die Adria und die Straße von Messina an Sardinien vorbei nach Gibraltar. Es ging weiter entlang der portugiesischen Küste und durch die Biskaya. Schließlich durch den Kanal in die Nordsee und zur Elbmündung. Diese winterliche Seereise dauerte mit neunzig Tagen länger als gewöhnlich, aber niemand weiß, warum. War auch für ein kleines Schiff wie die Gottfried gefährlich.

Die Gottfried hatte einige Stürme im Mittelmeer und der Biskaya hinter sich, als in der Nacht vom 11. auf den 12. März 1822 in der Elbmündung einer der schwersten Orkane seit Menschengedenken losbrach. Ein Orkan, wie er nur einmal im Jahrhundert auftritt. Hunderte von Schiffen kenterten in dieser Nacht in der Nordsee. Aus London wurde berichtet, dass für einige Stunden der Grund der Themse frei lag, so stark blies der Orkan das Wasser weg. Insgesamt gab es etwa 1.500 Tote an der Nordsee.

In dieser Nacht sank auch die Gottfried in der Elbmündung. Sieben Menschen fanden dabei ihren Tod, darunter auch Kapitän Heinrich Jacob Riesbeck. Damit war auch Minutolis wertvolle Fracht verloren. Anhand von Aufzeichnungen und insbesondere Minutolis Erinnerungen, der selbst nicht an Bord war, wurde später eine Ladungsliste erstellt. Darunter waren unter anderem der Granitsarkophag, Altäre, Stelen, Alabastervasen, Schrifttafeln und Schriftrollen, Statuen und Kanopen. Ebenfalls eine Goldmaske und goldene Fußspuren, die einem ägyptischen Fürsten oder Pharao zugeordnet wurden."

Beim letzten Wort blickte Maximilian Herzog sein Gegenüber an. Der Reporter nickte nur.

„Die Gottfried liegt immer noch auf dem Grund der Elbe und ist bisher nicht gefunden worden. Aber es wird danach gesucht."

„Angenommen", sagte Amandus Abendroth, „in dem Granitsarkophag wäre tatsächlich noch ein Pharao. Was für einen Wert hätte der heute?"

„Man muss zwischen wissenschaftlichem Wert und Geldwert unterscheiden. Für beides gilt: unbezahlbar. Ich weiß aber, was du meinst. Ich las eine Schätzung, dass die goldgefasste Totenmaske des Pharaos Tutanchamun einen Wert von sechs Milliarden Euro hätte. Milliarden, nicht Millionen. Aber natürlich ist sie unverkäuflich."

„Das kann bei Jägern und Sammlern einige Energien freisetzen."

„Du sagst es. Aber lass mich zum Ende kommen. Kann für dich ganz interessant sein. Kurz nach der Schiffskatastrophe waren zwischen Cuxhaven, Otterndorf, Balje, Neuhaus an der Oste und einigen anderen Stellen Teile der Ladung von der Gottfried an Land geschwemmt worden. Zu den Fundstücken gehörten unter anderem ein arabisches Prunkzelt und Handschriften. Das Prunkzelt hatte Minutoli von Mehemet Ali Pascha als Geschenk erhalten. Sieben rund 1.900 Jahre alte Mumien in Pfostensärgen waren von Einheimischen bei Balje entdeckt worden. Aus Angst vor den ‚Mohren' und der Pest wurden sie zunächst begraben. Das Freiburger Gräfengericht ordnete ihre Ausgrabung und Verwahrung in der Nähe des heutigen Küstenmuseums Natureum an."

„Des Natureums an der Ostemündung in die Elbe?"

„Ja, komme ich gleich noch drauf. Das Gericht ordnete also die Ausgrabung und Verwahrung an, auch um die Besitzverhältnisse zu klären. Das Zelt und die Mumien wurden am 4. September 1822 in Hamburg versteigert und sind seither verschwunden. 2003 wurde von einer Ägyptologin im Archiv des Hamburger Museums für Kunst und Gewerbe rein zufällig ein Umschlag mit Mumienbinde, Mumienhaarlocke sowie einem Fundhinweis in Sütterlinschrift gefunden."

Professor Dr. Maximilian Herzog zog ein Blatt Papier aus seinen Unterlagen hervor und reichte Amandus Abendroth die Kopie. Er las langsam: „Haarlocke u. Stück der Binde einer weiblichen Mumie, welche der Gl. Menu von Minutoli aus Ägypten gebracht, bey Neuhaus an Land getrieben aus dem dort gestrandeten Schiffe – in Freyburg mitgenommen d. 5t. April 1822."

Der Journalist zeigte sich beeindruckt. Der Professor fuhr fort: „Es spricht also einiges dafür, dass die Gottfried in der Elbe vor der Ostemündung bei Neuhaus gesunken und damit dort auch zu finden ist. Sicher ist es aber nicht. Es gibt auch Hinweise auf ein Gebiet, das seit Ende des 18. Jahrhunderts als Norder Gründe bezeichnet wird. Das sind die Sände zwischen der Süder- und der Norderelbe."

„Das sind wirklich interessante Informationen. Du wolltest noch etwas zum Natureum sagen."

„Es ist bisher nur in kleinen Fachzirkeln bekannt. Im Natureum soll eine Ausstellung über die Gottfried und die Reise Minutolis vorbereitet werden."

Amandus schlug mit der Hand flach auf den Tisch.

„Das darf ja wohl nicht wahr sein. Da habe ich meine Hausaufgaben vor meiner eigenen Haustür in mehrfacher Hinsicht nicht gemacht. Aber woher soll ich es auch wissen, wenn es mir niemand sagt."

Professor Dr. Herzog sah wieder auf die Uhr.

„Die Fundstücke an der Elbe und der Oste sprechen dafür, dass dort weitere Fracht der Gottfried gefunden wurde, wovon bis jetzt nichts bekannt ist. Welche Schätze womöglich noch in manch altem Haus oder Bauernhof schlummern, darüber kann man nur spekulieren."

Amandus überlegte kurz, ob er Maximilian Herzog zumindest in Stichworten erzählen sollte, was er auf dem Dachboden von Krischan Janssens Hof gefunden hatte. Es schien aber jetzt nicht die Zeit zu sein. Er hatte ein vordringlicheres Anliegen und zog das unbekannte Schriftstück zwischen den zwei Glasplatten aus seiner Tasche. Er schob es über den Tisch.

„Kannst du dir das mal in Ruhe ansehen? Deine Einschätzung würde mich interessieren."

„Mache ich gerne. Entweder treffen wir uns wieder, oder wir telefonieren."

Auf der Rückfahrt hatte Amandus das Gefühl, dass dies eine saubere journalistische Recherche gewesen war. Es waren einige Puzzleteile hinzugekommen. Aber das Gesamtbild stand noch nicht.

Kapitel 20

Auf der Rückfahrt verließ Amandus Abendroth die A27 am Cuxhavener Autobahnkreisel und bog auf die B73 mit dem Richtungs- und Entfernungshinweis nach Hamburg ein. Nach knapp zwanzig Kilometern erreichte er das Nordseebad an der Elbe mit der alten Lateinschule, deren Rektor vormals der Homerübersetzer Johann Heinrich Voss gewesen war. Im Gewerbegebiet grüßte ihn beim Vorbeifahren ein Gärtnermeister und Kommunalpolitiker, der mit einigen Auszubildenden vor seinem Betrieb für Garten- und Landschaftsbau stand. Amandus erwiderte den Gruß mit Handzeichen.

Kurze Zeit später saß er seinem Chefredakteur Uwe Rother in dessen Büro gegenüber. Amandus gab dem Redaktionsleiter einen vollständigen Bericht über die Ereignisse an der Kugelbake bis zum Gespräch mit Professor Dr. Maximilian Herzog in Oldenburg.

„Ich habe da auch einige interessante Fundsachen auf dem Hof von Krischan Janssen entdeckt. Das soll als Hinweis jetzt erst mal genügen. Es wäre besser, wenn du im Moment nicht nachfragst. Ich bleibe an der Sache dran und werde demnächst darüber berichten."

„In Ordnung. Ich kenne dich und vertraue dir. Bin schon gespannt."

Es folgte eine kurze Gesprächssequenz über Pressefreiheit und Informantenschutz sowie die Aufgaben der Polizei, die grundsätzlich zu unterstützen wäre. In diesem Punkt waren beide einer Meinung. Dann nahm Uwe Rother den Faden aus Amandus' Bericht über das Gespräch mit Professor Herzog wieder auf.

„Auch ich habe erste Hinweise über eine geplante Ausstellung im Natureum erhalten. Selbstverständlich wird der Oste-Kurier darüber berichten, wenn es so weit ist. Einerseits aus Chronistenpflicht, andererseits interessiert mich die Geschichte selbst. Könnte mit deinen Recherchen eine noch spannendere Story werden, als sie ohnehin schon ist. Möglicherweise ist da etwas an dir vorbeigelaufen, weil du als freier Journalist nicht in die ständige Redaktionsarbeit eingebunden bist. Außerdem ist es noch eine ganze Zeit hin."

Sie kamen überein, dass ein möglicher Artikel nicht unter Amandus' Namen oder Kürzel erscheinen sollte, sondern unter Rothers Namen, und zwar dann, sobald alle Hintergründe aufgeklärt waren. Am besten wäre natürlich ein zeitlicher Ablauf, der eine Veröffentlichung sämtlicher Zusammenhänge durch Amandus zuließ. Beide hielten es bereits jetzt für eine Mordsgeschichte.

„Melde dich, wenn du Unterstützung brauchst. Und pass auf dich auf, Amandus."

Auf der Fahrt zum Hadler Fährhaus überlegte Amandus Abendroth, welche Schritte als Nächstes anstanden. Mit Heinz Brandes vom Heimatmuseum musste er im Augenblick nicht unbedingt sprechen. Das hatte sich mehr oder weniger erledigt. Für dringlicher hielt er es, John Neumann noch einmal aufzusuchen. Fünf Minuten später hielt er vor dessen Haus. Sein Auto stand vor der Garage, also musste er zu Hause sein.

Amandus klingelte. Ein volltönender Glockenton ließ sich auch draußen deutlich vernehmen. Aber nichts tat sich. Auch nach dreimaliger Wiederholung rührte sich immer noch nichts. Seltsam, dachte Amandus, das Bellen von

Ramses hätte ich jetzt aber erwartet. War John Neumann mit seinem Hund spazieren gegangen? Eigentlich hatte der genügend Auslauf im weitläufigen Garten. Amandus entschied sich, ums Haus herum zu gehen und nachzuschauen.

Auf den ersten Blick konnte er weder Herrn noch Hund entdecken. Als er um ein Gebüsch schritt, wusste er mit einem Schlag, warum Ramses nicht gebellt hatte. Das Hundebündel lag mit durchschnittener Kehle am Boden. Es hatten sich bereits Insekten auf ihm niedergelassen. Also musste Ramses bereits einige Zeit hier liegen. Wie lange, das würden sicher die Madenexperten der Polizei oder Rechtsmedizin herausfinden.

Mit einem unguten Gefühl ging er zur Hinterseite des Hauses. Die Tür, die von der Küche in den Garten führte, war nur angelehnt. Gehst du rein oder nicht, war die Frage, die sich der Reporter stellte. Gefahr war nicht auszuschließen. Der Anblick von Ramses ließ allerdings den Schluss zu, dass die Gefährdung nicht mehr akut war. Außerdem bist du Journalist, gab er sich einen Ruck, der eine spannende Story nicht liegen lässt. Was er vorfand, war allerdings schlimmer als befürchtet.

John Neumann hing rückwärts über die Lehne seines Schreibtischstuhls. Zwischen seinen offenen und toten Augen befand sich ein kreisrundes, rotschwarzes Loch. Ein Teil des Hinterkopfes fehlte und befand sich kleinteilig und eklig an Wänden und Möbeln. Die Lippen waren aufgeplatzt, und im Gesicht waren Wunden und dunkle Flecken sichtbar. Offensichtlich, so beurteilte es Amandus, war ihm vor dem Exitus noch Gewalt angetan worden. Wozu diese Grausamkeiten?

Auf dem Schreibtisch fehlten etliche Papierstapel, die er dort gesehen hatte. An den Wänden sah Amandus helle Flecken. Die Seekarten mit den Markierungen waren ebenfalls alle verschwunden. Mit Überwindung zog er die Kamera heraus und schoss etliche Fotos. Dabei kam er sich als pietätloser Mensch, aber guter Journalist vor.

Dann fummelte er das Mobiltelefon aus der Jackentasche. Uwe Rother nahm das Gespräch an und hörte gespannt zu. „Hammer“, war sein Kommentar. Anschließend wählte Amandus die Nummer der Polizei.

„Ja, nichts anfassen, ich weiß“, bellte Amandus in den Hörer zurück. Er wartete.

Als Erste trafen die Hauptkommissare Hans-Heinrich Drewes und Fritjof Martens aus dem Nachbarort ein. Karl Langner, der Leiter des Fachkommissariats 1 vom ZKD in Cuxhaven, und sein Team ließen ebenfalls nicht lange auf sich warten.

„Immer wieder Sie, Herr Abendroth. Was hatten Sie hier zu suchen?“ fragte Langner schroff.

„Ist dieser Ton der Dank dafür, dass ich Sie sofort informiert habe?“

„In Ordnung. Trotzdem. Was ist der Anlass Ihrer Anwesenheit?“

„Ich mache eine Recherche über Schiffswracks für den Oste-Kurier. Heinz Brandes vom Heimatmuseum hatte mir empfohlen, mit John Neumann zu sprechen, der viel darüber weiß. Das hatte ich vor drei Tagen getan und hatte heute noch eine Nachfrage. Dann entdeckte ich das Drama. Zuerst den toten Ramses im Garten ...“

„Willst du uns verarschen?“ entfuhr es Heiner Drewes.

Karl Langner winkte beruhigend ab.

„So heißt sein Hund. Der liegt tot hinter dem Gebüsch im Garten.“

Amandus Abendroth schilderte nach Aufforderung durch Karl Langner alle Einzelheiten vom Drücken des Klingelknopfes bis zum Anruf bei der Polizei. Das Gespräch mit seinem Chefredakteur ließ er weg.

„Haben Sie eine Ahnung, was dahinterstecken könnte?"

„Ja, vielleicht. John Neumann berichtete mir von vielen gesunkenen Schiffen in der Elbmündung und der Deutschen Bucht. Etliche sollen wertvolle Fracht an Bord gehabt haben und sind bis heute nicht gefunden worden. Ich glaube, er war da etwas auf der Spur."

„Geht es etwas präziser?"

„Nein, geht es nicht. Er wollte mir nicht mehr sagen. Das hätte mich natürlich auch interessiert. Möglicherweise suchte er einen Schatz."

„So, so. Einen Schatz. Und was für einen?"

„Keine Ahnung. Würde ich auch gerne wissen."

„Kennen Sie einen Konstantin Warmbach, Herr Abendroth?" Die Frage des Ersten Hauptkommissars Langner kam überraschend und schneidend. Leugnen würde nichts nützen.

„Ja. Den habe ich kürzlich hier kennengelernt. Was heißt kennengelernt? An der Tür haben wir uns guten Tag und Tschüss gesagt. Er kam zu John Neumann, als ich ging. Mehr weiß ich nicht von ihm."

„Sie wissen ganz genau, dass er einem Tötungsdelikt zum Opfer gefallen ist. Eine Bibliothekarin der Hamburger Commerzbibliothek hat mit einem Polizisten gesprochen, der keiner war. Ihre genaue Personenbeschreibung trifft ziemlich gut auf Sie zu, Herr Abendroth."

„Okay, darüber wollte ich sowieso noch mit Ihnen sprechen ..."

„Wer's glaubt, wird selig." Hans-Heinrich Drewes schüttelte den Kopf.

Amandus beachtete ihn nicht weiter. „John Neumann hatte Bücher und Seekarten in der Commerzbibliothek erwähnt, die ich mir für meine Recherchen mal ansehen wollte. Da bin ich zufällig in die Sache reingeraten. Ich habe mich auch nie als Polizist ausgegeben. Wenn mich die Bibliothekarin dafür gehalten hat, ist es nicht meine Schuld."

„Da gibt es noch mehr Ungereimtheiten, zum Beispiel wie Sie durch das abgesperrte Portal in die Bibliothek gelangt sind. Aber wir haben hier jetzt wichtigere Dinge zu tun. Wir sprechen uns noch."

„Da gibt es gar keine Ungereimtheiten ..."

Langner winkte ab und wandte sich dem Tatort zu. Frauen und Männer mit weißen Plastikanzügen hatten bereits ihre Arbeit aufgenommen.

Amandus hatte genug für heute und wollte nur noch nach Hause. Er stieg in seinen alten Benz und drehte den Zündschlüssel. In der Einfahrt zu Franz Andeckers Haus sah er die Rücklichter eines dunklen Kleinbusses erlöschen. Er trug ein Kölner Kennzeichen. Vier Personen stiegen aus, zwei gebeugte ältere Herren und zwei kräftige jüngere Männer. Alle vier schwarz gekleidet. Wenn die alle genauso christlich sind wie Franz Andecker, können sie zusammen eine Messe feiern, eine schwarze, ging es ihm durch den Kopf. Ihm war nach Sarkasmus zumute.

Kapitel 21

Franz Andecker hatte seine Gäste ins Haus gebeten. Er geleitete sie ins Wohnzimmer, an dessen rechter Wand über einer Blümchentapete der gekreuzigte Jesus Christus hing. Gegenüber in einer Fensternische stand ein hellbraunes Holztischchen mit einer geschnitzten, farbenfrohen Marienfigur, den Blick zu ihrem Sohn gerichtet. Die Eintretenden bekreuzigten und verneigten sich, ohne dass es selbst an diesem Ort aufgesetzt wirkte. Es schien eine alltägliche Handlung für sie zu sein. Franz Andecker bot ihnen Plätze in den grün bezogenen Sesseln und auf der gleichfarbigen Couch an und entschuldigte sich für einen Moment. Bald darauf erschien er mit einem Tablett, verteilte die Kaffeetassen und Kuchenteller, stellte den Marmorkuchen in die Mitte des Tisches und schenkte Kaffee aus einer schwarzen Thermoskanne ein.

Anschließend stellte Franz Andecker einen Aschenbecher auf den Tisch, daneben ein Holzkästchen mit Zigarillos, und blickte in die Runde seiner Gäste. Die beiden älteren Grauhaarigen nickten, die gutaussehenden Jüngeren in ihren schwarzen Anzügen mit weißen Kragen lehnten dankend ab.

„Immer noch wie in der Gregoriana, nach dem Essen ein Zigarillo zum Kaffee“, schmunzelte Andecker den Älteren zu.

Nach kurzem Reisebericht wurden Grüße von alten Bekannten und Freunden ausgetauscht, besonders herzliche von Brüdern bei den Legionären Christi, den Pius Brüdern und dem Opus Dei. Sie selbst gehörten zwar nicht alle dazu, standen ihnen aber nahe und fühlten sich als Brüder im Geiste. Einer der älteren Gäste, der von Franz Andecker bei der Begrüßung als Bruder Claudio angesprochen worden war, ließ den Zigarillorauch vor seinem markanten Gesicht aufsteigen und ergriff das Wort.

„Eminenz ist sehr besorgt über das, was du mitgeteilt hast. Darum sind wir zu deiner Unterstützung hier. Es kommt ja sicher auch nicht von ungefähr, dass dieses Angebot der reichsten Diözese in Deutschland, manche sagen auch der Welt, gemacht wurde. Obwohl in diesem Fall Angebot mit räuberischer Erpressung gleichzusetzen ist. Falls der Text echt ist, wird es eine Katastrophe für die Kirche darstellen, so meinen jedenfalls seine gegenwärtigen Besitzer. Allerdings hat unsere Kirche in zweitausend Jahren schon mehr sogenannte Katastrophen überstanden, als die Gegner jeweils geglaubt und gehofft haben."

„Da hast du recht. Die Kirche ist schon häufig tot gesagt worden, hat aber alle Kritiker und Antichristen überlebt. Wir haben an der Gregoriana und am Pontificio Istituto Biblico schon genügend Schriften als historische Beweise gesehen, die angeblich die Bibel widerlegten und ..."

„... sich zumeist als Fälschungen herausstellten oder nicht bewiesen werden konnten und anderen Interessen dienten. Bruder Bernhard hat kürzlich seine theologische Dissertation zu diesem Gebiet abgeschlossen." Er wies mit einer Handbewegung auf einen der jüngeren Gäste, etwa Anfang bis Mitte dreißig, dunkelblond und attraktiv, der mancher gläubigen Christin wohl eine Sünde wert sein könnte.

„Schon in früheren Jahrhunderten, aber auch in der letzten Zeit sind immer wieder sensationelle Funde präsentiert worden, die in historischen Zeiten sowie in der Gegenwart hohe öffentliche Aufmerksamkeit erregten. In der Regel wurden verborgene oder unbekannte Schriften und archäologische Artefakte ans Licht gebracht, die aufsehenerregende Neuigkeiten aus dem Leben Jesu enthüllten und die Kirche und das Christentum in den Grundfesten erschüttern sollten. Die meisten können einer kritischen Überprüfung durch die Wissenschaft nicht standhalten. Davon sind jedenfalls wir fest überzeugt. Da wurden und werden viele Mythen in die Welt gesetzt, die sich zumeist um die Geburt und Familie Jesu ranken ebenso wie um den Kreuzestod und die Auferstehung. Auch das Liebesleben Jesu erfreute sich immer hoher Aufmerksamkeit.

Bereits im späten zweiten Jahrhundert schrieb der antike und platonische Philosoph Celsus in Alexandria eine Streitschrift gegen das Christentum, in welcher er die Jungfrauengeburt als Erfindung von Christen bezeichnete. In Wirklichkeit sei Jesus die Frucht einer ehebrecherischen Beziehung einer armen Handwerkerin mit einem römischen Soldaten namens Panthera gewesen. Diese Herkunftsgeschichte wurde später in vielen Variationen aufgegriffen, sogar von Bibelforschern. Antisemitische Nazi-Theologen konstruierten daraus im Sinne einer Entjudung des Christentums eine nichtjüdische Herkunft von Jesus und seiner ganzen Familie.

Selbst seriösere Bibelforscher greifen auf die Panthera-Geschichte zurück mit dem Hinweis, dass Jesu Vater in Deutschland beerdigt wurde. Beim Bau des Bahnhofs Bingerbrück wurde im Jahre 1859 der Grabstein eines römischen Soldaten mit Namen Tiberius Julius Pantera entdeckt, in leicht anderer Schreibweise als bei Celsus, der zweiundsechzigjährig in Germanien verstarb. Auf dem Grabstein mit der Inschrift Pantera ist der dort Bestattete abgebildet, allerdings ohne Kopf. Wie auf dem Grabstein vermerkt, gehörte er zu einer Bogenschützenkohorte, die im Jahre 6 nach Christus von Palästina abgezogen und später nach Bingen verlegt wurde. Einige Forscher halten dies für einen Beleg der Vaterschaft, der natürlich keiner ist, besonders da die Panthera-Tradition auf einer frühen Polemik gegen das Christentum beruht."

„In dieser Hinsicht gibt es zahlreiche Geschichten und sogenannte Funde", sagte Claudio. „Ich habe die Dissertation von Bruder Bernhard ja begutachtet. In diesem Zusammenhang hier interessieren uns besonders die Geschichten und Mythen um Jesu Tod und Auferstehung, einer entscheidenden Grundlage des Christentums. Dabei gibt es zwei Grundvarianten der Todes- und Auferstehungskritik.

Eine besagt, verkürzt ausgedrückt, dass Jesus nur scheintot war, selbst die Grabkammer verließ und sich seinen Jüngern und Anhängern zeigte. Andere gehen von Jesu tatsächlichem Tod am Kreuz aus, gefolgt von einem Diebstahl des Leichnams aus der Grabkammer durch seine Jünger, wodurch das leere Grab erklärt wird. Dass Jesu später seinen Jüngern und vielen Anhängern erschienen ist, wird auf Halluzinationen zurückgeführt."

„Auch hierbei", nahm Pater Bernhard die Argumentation auf, „spielte wieder der platonische Philosoph Celsus eine wichtige Rolle. In seiner vermutlich 178 nach Christus in Alexandria verfassten Streitschrift gegen das Christentum, die verloren ist, aber aus Gegenschriften rekonstruiert werden konnte, zieht er bereits die Glaubwürdigkeit der Osterzeugen Maria Magdalena und Petrus massiv in Zweifel. Er greift die Christen an und schrieb: ‚Dass er nun, der sich lebend nicht helfen konnte, als Toter auferstanden ist und die Merkmale seiner Strafe zeigte, und die Hände, wie sie durchbohrt waren – wer hat dies gesehen? Ein halbrasendes Weib, wie ihr sagt, und vielleicht noch ein anderer von derselben Gauklertruppe.'

Diese Celsus-Meinung gibt es in zahlreichen späteren Varianten, hinzu kommen diverse Spekulationen, dass Jesus die Kreuzigung überlebte und als alter Mann auf der jüdischen Felsenfestung Massada über dem Toten Meer, in Indien oder Südfrankreich verstarb. Erleichtert werden solche Fälschungen und Polemiken, weil Jesu Kreuzestod und die Auferstehung für viele Menschen schwer verständlich ist. Für mich selbst werden diese Geschehnisse und theologischen Glaubensfragen hilfreich vom damaligen Kardinal Joseph Ratzinger, dem Heiligen Vater, in seiner Pfingstpredigt 1989 dargelegt: ‚dass Christus durch seinen Tod am Kreuz den Leib nicht hinter sich gelassen hat als etwas, das seinen Dienst getan hat, das im Grab nun verwesen kann, weil es nicht wichtig wäre. Der auferstandene Sohn Gottes hat seinen Leib mit hinaufgenommen, ihn verwandelt und den auf der Erde lebenden Menschen gezeigt, dass die Materie gott- und ewigkeitsfähig ist. Die Materie kann verwandelt werden, und Gott will die Einheit alles Wirklichen gerade durch das Geschöpf Mensch erwirken.' Das stärkt meinen Glauben ungemein."

Alle nickten zustimmend.

Der Theologe Claudio ergriff das Wort. „Bruder Franz, du wolltest nicht alles über das angeblich neu aufgetauchte Schriftstück am Telefon erzählen. Es war auf Umwegen dem Erzbistum Köln zum Kauf angeboten worden. Wir haben dich eingeschaltet. Was ist passiert?"

„Angeboten wurde es von dem internationalen Antiquitäten- und Altertumshändler Wolf Amelung, der seit einiger Zeit hier im Dorf wohnte."

„Wohnte?"

„Ja. Er ist tot. Ich hatte mich einmal mit ihm getroffen, und er gab mir eine Kopie des Schriftstückes zur Prüfung. Für das Original wollte er zehn Millionen Euro haben. Sofern wir uns anhand der Kopie von der Plausibilität überzeugt hätten, wollte er ein winziges Stück des Originals zur

Altersprüfung überreichen. Und dann das Original im Austausch gegen Barzahlung herausgeben."

„Zehn Millionen? Ist der Mann größenwahnsinnig? Oder ist das Schriftstück es wert? Besitzt er das Original denn tatsächlich?"

„Das ist genau die entscheidende Frage", fuhr Franz Andecker fort, „oder besser gesagt, es sind die entscheidenden Fragen. Ich weiß nicht, ob das Original wirklich in seinem Besitz ist oder war. Ich komme gleich darauf zurück. Durchaus möglich, dass er nur als Strohmann fungierte. Allerdings halte ich beides für möglich. Lasst uns aber zunächst mit der Plausibilität des Schriftstückes beschäftigen, bevor wir weitere Überlegungen anstellen und entsprechende Schritte unternehmen. Ihr habt ja mit dem erpresserischen Angebot eine Schwarzweißkopie bekommen. Ich habe von Wolf Amelung zusätzlich eine Farbkopie erhalten, die ich für euch vervielfältigt habe."

Franz Andecker zog vier Farbkopien aus einer braunen Ledermappe mit aufgedrucktem Fischsymbol hervor und reichte jedem seiner vier Gäste ein Exemplar. Er bot an, Kaffee nachzuschenken, aber niemand war interessiert. Mit höchster Konzentration studierten alle Schwarzberockten die Schriftstücke. Nach einer Weile ergriff Bruder Claudio das Wort: „Diese Kopie sieht echt aus, was aber noch nicht viel zu bedeuten hat. Es gibt hervorragende Fälscher, und immerhin ist es erst mal nur eine Kopie. Es handelt sich um eine alte Form des Griechischen. Schriftbild und Form würden eine zeitliche Einordnung im 1. Jahrhundert zulassen, möglicherweise sogar um 50 nach Christus oder früher. Es ist nur ein Textfragment, trotzdem ist etwas eindeutig erkennbar und lesbar. Und dieser Satz soll das Christentum erschüttern und dem Händler zehn Millionen einbringen. Hier ist es noch besser erhalten als auf der Schwarzweißkopie, die wir uns natürlich auch schon angesehen hatten. Wir kennen uns zwar alle mit alten Schriften aus, aber Bruder Johannes ist absoluter Fachmann."

Der schmächtige Bruder Johannes räusperte sich und rückte seine dunkle Hornbrille im Gelehrtengesicht zurecht.

„Einige fragmentarische Schriftzeichen an den Rändern müssen noch genauer untersucht werden. Drei Worte bedeuten ‚Herodes', ‚Judäa' und ‚Flucht', können aber zu keinem Satz gefügt werden. Aber im mittleren Teil des kleinen Textfragments steht in Übersetzung Folgendes: ‚Josef, seine Frau Maria, ihre Zwillinge Jesus und Joses sowie Schwestern, vom Nil kommend, rasteten in El Adawia.'"

Bruder Johannes legte das Papier auf den Tisch. Stille trat ein. Alle wussten um die schwere Bedeutung dieses Satzes. Nach einer Weile ergriff Bruder Claudio das Wort.

„Alles spricht für eine Fälschung, mit der eine angebliche Sensation den Hintermännern viel Geld einbringen soll. Dass Jesus und Joses Zwillingsbrüder gewesen sein sollen, ist durch keine Quelle belegt. Hiermit soll ein Grundmanifest des Christentums angegriffen werden. Genauer besehen sogar zwei Glaubensfundamente unserer Heiligen Kirche. Jesus ist der Erstgeborene der Jungfrau Maria, die Zeit ihres Lebens Jungfrau blieb ..."

„... was auch im Dogma der immerwährenden Jungfräulichkeit Marias festgeschrieben ist ...", bekräftigte Franz Andecker.

„Richtig. Hiermit soll die Jungfrauengeburt des Gottessohnes ad absurdum geführt werden. Und die Zwillingsgeschichte soll die leibliche Auferstehung Jesu nach dem Kreuzestod in Zweifel ziehen. Das wird Wasser auf die Mühlen von antichristlichen Polemikern sein, welche die Erscheinung Jesu nach dem Kreuzestod vor den Jüngern und anderen Zeugen mit einem Zwilling erklären werden. Die

Geschwister Jesu sollen zudem die einzigartige Jungfräulichkeit Marias als christliche Täuschung unserer Kirche in Verruf bringen. Trotzdem dürfen wir uns jetzt nicht von Zorn leiten lassen, sondern müssen unsere Argumente schärfen."

„Es fällt schwer, aber Bruder Claudio hat recht", sagte der junge Pater Bernhard. „Von Gegnern der Jungfrauengeburt wird gerne Markus 3,31 angeführt, wo von der Mutter Maria und den Brüdern Jesu die Rede ist. Und in Markus 6,3 werden Brüder von Jesus in einem Atemzug mit seiner Mutter Maria sogar namentlich genannt: Jakobus, Joses, Judas und Simon. Außerdem werden an dieser Stelle auch noch Schwestern erwähnt. Dies gilt auch für die Parallelstelle bei Matthäus 13,55 und folgend.

Wir wissen aber durch umfassende Sprachforschungen, dass das von Jesus und seinen Jüngern gesprochene Aramäisch und das geschriebene und gelesene Hebräisch etwas andere Wortbedeutungen haben können im Vergleich zum Griechischen des Neuen Testaments. Darum geht unsere Heilige Kirche ebenso wie die orthodoxen Kirchen nach genauer Prüfung der Schriften davon aus, dass Jesus keine Geschwister hatte. Die angeblichen Geschwister sind Kinder von Verwandten Marias oder von Josef aus erster Ehe."

„So ist das", bestätigte Bruder Claudio vom Bibelforschungsinstitut der päpstlichen Universität Gregoriana. „Auch wenn Gegner des Christentums versuchen, uns mit der Bibel selbst zu widerlegen. Die früheren Reformatoren folgten noch dieser Position, während heute viele evangelische Theologen die Geschwister Jesu als Kinder von Maria und Josef ansehen. Das Thema hat in der protestantischen Theologie aber keine so wichtige Bedeutung wie bei uns. Sie sind ja auch keine richtige Kirche, wie unser Heiliger Vater klargestellt hat.

Nun zurück zur Kopie. Bruder Franz, konntest du etwas über die Fundgeschichte des Schriftstückes in Erfahrung bringen?“

„Das habe ich Wolf Amelung natürlich auch gefragt, da es wichtige Hinweise auf Echtheit oder Fälschung des Stückes gibt. Er sagte nur, dass es vor etwa zweihundert Jahren von einer Forschungsreise aus Ägypten mitgebracht aber nicht ausgewertet worden ist. Er sei vor einiger Zeit darauf gestoßen und habe sehr schnell gemerkt, was für einen historischen und religiösen Schatz er dort entdeckt hatte. Einen Fund in Ägypten hielt er für einen wichtigen Echtheitsbeleg, da die Heilige Familie sich auf der Flucht vor Herodes dort einige Jahre aufhielt ...“

„Na ja“, fiel Pater Bernhard ein, „der Kindermord von Herodes ist nach neuer Bibelforschung zumindest im Umfang auslegungsbedürftig. Aber“, räumte er nach ernsten Blicken der älteren Brüder schnell ein, „ich will nicht die Bibel widerlegen. Außerdem gibt es genügend Schriften, die allerdings nicht in den Bibelkanon aufgenommen wurden, welche die Reiseroute über den Sinai und Aufenthaltsorte der Heiligen Familie in Ägypten beschreiben. Da sind zum Beispiel das Armenische Kindheitsevangelium, das koptische und äthiopische Synaxarium, die Homilie des Zacharia und das Pseudo-Matthäusevangelium, die berichten, dass die Heilige Familie in On beziehungsweise El-Matariya ihre erste Stätte im Niltal erreichte.“

„Schon gut, Bruder Bernhard“, unterbrach ihn sanft der Theologieprofessor Bruder Claudio. „Wir haben uns auch schon seit Jahren, seit Jahrzehnten mit diesen Fragen beschäftigt, und ich schätze deine Arbeit sehr. Aber in Anbetracht der Zeit sollten wir Bruder Franz fortfahren lassen.“

„Der Gipfel war, dass Wolf Amelung sich als guter Katholik aufspielte, weshalb er die Schrift zunächst seiner Kirche angeboten hatte, zu einem, wie er meinte, günstigen Freundschaftspreis. Das stellte ich in Frage, was er damit beantwortete, dass er auch von etwas leben müsse und als mildtätiger Spender bekannt sei. Bei der Inaugenscheinnahme des Originalschriftstückes wollte er mir zeigen, dass er sich in der Tradition der Malteserritter fühle, die in der Erinnerung an den Opfertod Christi das Heilige Grab und den Glauben schützen."

Franz Andeckers Gäste stöhnten unisono auf, und leidender Schmerz trat in ihre Gesichter.

„Zur verabredeten Zeit, um acht Uhr abends, öffnete Wolf Amelung auf mehrfaches Läuten nicht. Ich rief nach ihm, aber nichts tat sich. Da die Tür nicht verschlossen war, trat ich ein und versuchte mich bemerkbar zu machen. Licht brannte überall. Im Wohnzimmer lag der mildtätige Malteserritter am Boden. In der Kleidung des Malteser- oder Templerordensordens mit dem achtspitzigen roten Kreuz auf weißem Grund. Mit einem roten Blutfleck auf der linken Seite. Er war tot und das Zimmer durchwühlt."

Seine Gäste wirkten schlagartig betroffen und entsetzt. Pater Bernhard wollte etwas sagen, aber Bruder Johannes legte ihm die Hand auf den Arm.

„Nach dem ersten Schock sah ich mich nach dem Originalschriftstück um. Scheinbar war aber jemand schneller gewesen, oder es lag woanders. Ich fand es nicht. Nach einer kurzen Überlegung unterließ ich es, die Polizei zu informieren. Ich glaubte, dass es nicht in unserem Interesse liegt, dass dieses Schriftstück und sein Inhalt, ob echt oder falsch, über die Polizei- und Gerichtsreporter in einer großen Öffentlichkeit verbreitet werden."

Seine Gäste nickten zustimmend und sprachlos.

„Leider konnte ich die Schrift weder ansehen noch eine Echtheitsprüfung vornehmen. Ich weiß nicht, wo sie ist und wer sie in Besitz genommen hat.“

„Das ist schade und eine unerwartete Wendung der Geschichte“, sagte Bruder Claudio. „Wer auch immer das Schriftstück jetzt hat, kann nur etwas damit anfangen, wenn er es einer Echtheitsprüfung unterzieht. Die Institute und Einrichtungen, die Altersbestimmungen vornehmen können, kennen wir. Und wir sind gut vernetzt.“

Kapitel 22

Amandus Abendroth fuhr am Wartehäuschen des Schulbusses vorbei und sah die vier dunkelgekleideten Männer auf Franz Andeckers Auffahrt wieder in den Kleinbus mit dem Kölner Kennzeichen einsteigen. Dann ist die schwarze Messe wohl beendet, schmunzelte er in sich hinein. Wenige Augenblicke später hielt er vor seinem Hadler Fährhaus am Ostedeich, packte die Einkäufe aus und trug sie in die Küche.

Bald duftete das Hähnchen köstlich aus dem Römertopf. Er öffnete die Klappe des Backofens. Um das Geflügel vom Bauern aus der Nachbarschaft hatte er geschälte Zwiebeln, Tomaten und frisches Gemüse gruppiert. Dazwischen steckten zahlreiche Knoblauchzehen, alles gut gewürzt. Das machte er freihändig mit den Gewürzen, die gerade so da waren. Es war kein Rezept aus einem Kochbuch, sondern eine eigene lukullische Kreation. Wichtig war, dass die Zubereitung der Mahlzeit nicht allzu viele Umstände machte und irgendwie französisch wirkte. Das war französische Lebensart in einem kleinen germanischen Dorf.

Auf der Anrichte standen drei Flaschen Rotwein, Beaujolais, den er bei einem Ökoweinhändler in einem anderen Nachbarort erstanden hatte. Er hoffte, dass der Gärtnermeister nicht recht behielt, der diesen Weinhändler auf einer Anti-AKW-Demo in der Medemstadt als Herrn der sauren Weine begrüßt hatte. Nehmen wir es mal als Scherz, sagte er sich, zumindest bis zum Beweis des Gegenteils. Denn der Spötter war dort trotzdem noch Kunde.

Er deckte den groben Holztisch mit rotem Porzellan und stellte Wein- und Wassergläser neben die Teller. Das frische Baguette vom örtlichen Bäcker legte er neben die Weinflaschen auf der antiken Anrichte. Die französischen Käsevariationen von Marktkauf zum Dessert blieben noch im Kühlschrank. Der grüne Salat war zum Anmachen vorbereitet.

Amandus sah auf die Weltzeituhr. Es blieb noch genügend Zeit. Während der Römertopf selbständig arbeitete, konnte er noch den Bart auf eine gepflegte Länge stutzen. Danach duschte er, zog ein frisches, hellblaues Hemd an und tauschte die abgewetzte Jeans gegen eine nagelneue aus dem Kleiderschrank. Ein weiterer Blick auf die Uhr sagte ihm, dass er noch die E-Mails checken könnte, bevor Anke Tiedemann eintraf. Bis dahin nahm er den Deckel des Römertopfes ab, damit das Landhähnchen kross und knusprig wurde.

Amandus war in die E-Mails vertieft, als es klingelte. Er schaltete den Laptop aus und stieg die Holztreppe hinab. Auf den letzten Stufen schwante ihm Unheil. Aus der Küche drang schwarzer Rauch. Blitzschnell war er am Herd, drehte den Schalter auf null und öffnete die Tür des Backofens. Dichter Qualm kam ihm entgegen. Das war wohl nichts mit dem romantischen französischen Essen, schoss es ihm durch den Kopf. Es klingelte eindringlicher.

Anke Tiedemann stand lächelnd vor der Tür und hatte sich nett zurechtgemacht. Das erkannte der unglückliche Gastgeber trotz der misslichen Situation. Leicht gebräunt mit frechem Pferdeschwanz, mit weißer, dezent geöffneter Bluse, darüber die stilvoll abgewetzte Pilotenjacke, enge Jeans mit edlem Gürtel. Im Flur brauchte er ihr die Situation nicht weiter zu erklären. Der Fall war klar.

„Tut mir wirklich leid. Das wiederholen wir. Und dann bleibe ich die ganze Zeit am Ofen stehen.“

Anke Tiedemann guckte zunächst ein wenig mürrisch, dann schmunzelnd, was in ein herzhaftes Lachen überging.

„Und was schlägt der Spitzenkoch jetzt vor?“

„Wir lassen hier alles stehen und fahren in den Fährkrug. Da soll es laut Anzeige im Oste-Kurier frische Stinte geben.“

„Na dann mal los.“

Bei der Fahrt über die Ostebrücke strahlte ihnen die erleuchtete Schwebefähre entgegen. Gleich danach parkte Amandus den Benz vor dem altehrwürdigen Gasthaus neben dem berühmten Baudenkmal am Ufer der Oste. Vor dem Restaurant öffnete sich die Tür der Gaststube, und drei Frauen im Aufbruch grüßten Anke und Amandus. Die dazugehörigen Männer blieben vor ihren Bierkrügen am Ecktisch und winkten Amandus und Anke heran. Es waren Journalisten von Hamburger Magazinen und Illustrierten, die sich an der Oste angesiedelt hatten und hier auch Bücher schrieben. Amandus bedeutete ihnen, dass Anke und er ins Restaurant wollten und etwas zu besprechen hätten.

Bei der Aufnahme der Bestellung erzählte der leutselige Wirt, dass die Schwebefähre vor über hundert Jahren von einem Schüler des Eiffelturm-Erbauers Gustave Eiffel gebaut wurde, einem Architekten namens Louis Pinette. Darum würde die Schwebefähre auch Eiffelturm des Nordens genannt.

Zum Fisch bestellten sie Wasser und Weißwein, einen Grauburgunder. Das Essen war köstlich und reichlich, eigentlich zu reichlich, aber so liebten es die Einwohner des Landes Hadeln. Anke war nach der Hälfte restlos gesättigt und bot Amandus ihre andere Hälfte an. Dieser akzeptierte stöhnend, mit dem scherzhaften Vorwurf, dass er ja nicht abnehmen könne, wenn er häufiger mit ihr Essen ginge. Sie entgegnete, dass sie ihn ja nicht dazu zwingen würde. Nach einem Schluck Weißwein wurde Amandus ernster.

„Ich muss und möchte dir etwas erzählen. Ich weiß nämlich deinen Rat und deine Lebensklugheit zu schätzen."

„Wieso nur Lebensklugheit und nicht Klugheit?" antwortete sie spitz.

„In Ordnung. Klugheit und Scharfsinn."

„Schon besser. Das höre ich ja auch nicht ständig von dir. Dann schieß mal los."

Amandus erzählte die ganze Geschichte von der baumelnden und maskierten Leiche an der Kugelbake, der Entdeckung, dass es sich um Wolf Amelung handelte, seinen Funden auf Krischan Janssens Hof, den Wolf Amelung nach dessen Tod geerbt hatte, den Gesprächen mit Landwirt Wigbert, Heinz Brandes vom Heimatmuseum und Wrackexperten John Neumann, dem toten Konstantin Warmbach in der Hamburger Commerzbibliothek, der Auskunft der Bibliothekarin über Wolf Amelung und Markus Baumann, der Schamanin, wie er sie nannte, also der orientbegeisterten Erika Meibohm und ihrem seltsamen Schauspiel, der Ermordung John Neumanns und seines Hundes sowie dem Gespräch mit Professor Maximilian Herzog im Oldenburger Schloss.

Anke richtete einen ernsten Blick auf ihn und schwieg eine ganze Weile. „Und jetzt möchtest du, dass ich den Fall aufkläre, damit du mit einer exklusiven großen Story in deinem Weltblatt glänzen kannst?"

„So ist es. Vielleicht den Fall nicht ganz aufklären, was zu viel verlangt wäre. Aber ich würde gerne deine Meinung dazu hören."

„Okay, kannst du. Lass die Finger von der Sache. Es ist viel zu gefährlich. Bis jetzt sind schon drei Menschen ums Leben gekommen. Sie wurden eindeutig ermordet, wenn ich dich richtig verstanden habe. Halte dich aus der Angelegenheit raus und an den Rat der Polizei. Das ist deren Fall und nicht deiner."

„Im Prinzip hast du recht. Aber die Presse hat ebenfalls ihre Aufgaben. Dazu gehört ganz vornean, die Wahrheit ans Licht zu bringen. Und dazu muss Recherchearbeit geleistet werden. Es ist zudem nicht verwerflich, eine interessante Geschichte schreiben zu wollen."

„Für knallharte investigative Recherchen ist dein Käseblatt ja bekannt. Vielleicht solltet ihr euch statt Oste-Kurier Oste-Spiegel oder Stern der Oste nennen."

Amandus grinste. „Geschenkt. Und Goldenes Oste-Blatt für deine Geschlechtsgenossinnen lassen wir auch mal lieber."

„Dein Frauenbild wäre mal den massiven Artikel einer Kollegin wert. Nun gut. Ich weiß ja, dass du dich nicht von einer Sache abbringen lässt, wenn du Blut geleckt hast. Wo fangen wir an?"

„Am besten an der Kugelbake."

„Richtig. Wolf Amelung war an der Kugelbake ausgestellt, wie bei einer Kreuzigung, wie du berichtet hast. Kann etwas bedeuten, muss aber nicht. Auf alle Fälle ist es ein unübersehbares Zeichen, falls nicht ein krankes Hirn dahinter steckt."

„Und die Kugelbake ist ein Seezeichen. Also durchaus möglich, dass etwas auf die See hinaus signalisiert werden soll. Entweder für ein Schiff oder in Richtung des Schiffsfriedhofes. Da liegt ja auch die Gottfried. Vielleicht gibt es einen Zusammenhang."

„Möglich wäre es. Aber was? Das weiß ich im Moment auch nicht. Dann lass uns mal bei der Maskerade der Leiche von Wolf Amelung bleiben. Der Schakalskopf weist ziemlich eindeutig auf den ägyptischen Totengott Anubis hin, der auch als Schutzgott der Balsamierer gilt, wie ich aus einer Fernseh-Doku weiß. Er gilt nach meiner Erinnerung auch als Erfinder der Begräbnisriten und als Herr der Mumifizierung. Er soll über die Toten richten und sie vor den Thron des Osiris führen, den Gott des Jenseits, der Wiedergeburt und der Toten. Und so eine Schakalsmaske hast du bei Erika Meibohm und ihrer Schauspieltruppe gesehen?"

„Richtig. Sie sagte, dass sie noch eine zweite gehabt hätten, die aber verschwunden ist. Möglicherweise gestohlen. Aber wer sollte das getan haben?"

„Entweder der Mörder oder die Mörderin. Es ist aber durchaus möglich, dass sie ganz einfach lügt. Lüge ist doch gang und gäbe zur Vertuschung von Straftaten. Warum sollte das hier anders sein? Steckt sie vielleicht mit der ganzen Schauspieltruppe hinter der Sache? Aber welches Motiv sollte sie haben?"

„Gute Frage. Kommen wir zum Rest der Leichenverkleidung mit dem achteckigen Kreuz. Ich habe mal nachgeschlagen. Aber Moment." Er zeichnete das Kreuz mit den acht spitz zulaufenden Enden auf seine Serviette. „So sieht es aus. Kam mir bekannt vor, aber ich habe noch mal nachgeschlagen. Das achtspitzige Malteser- oder Johanniterkreuz ist ein Symbol verschiedener christlicher Orden. Das weiße Malteserkreuz auf schwarzem oder rotem Grund ist sowohl das Symbol des katholischen Malteserordens als auch des protestantischen Johanniterordens ..."

„... und das grüne Malteserkreuz auf grauem oder weißem Grund das Symbol des ökumenischen Lazarusordens, und Rot auf Weiß ist der Templerorden."

Amandus nickte anerkennend, und Anke lächelte fein und fuhr fort.

„In der Frühzeit des Ordens wurden sie auch als Hospitaliter bezeichnet, was auf den früheren Ordenssitz in

Jerusalem zurückgeht. Friedrich II. von Hohenstaufen hatte dem Orden das Hospital des Heiligen Johannes als Ordenshaus zugewiesen. Wann das achtspitzige Kreuz zum Ordenssymbol wurde, ist nicht ganz klar. Die acht Spitzen des Kreuzes sollen aber die acht Seligpreisungen der Bergpredigt und die vier Arme die vier ritterlichen Kardinaltugenden versinnbildlichen. Das Kreuz symbolisiert auch den Kreuzigungstod von Jesus Christus."

„Das ist wohl so. Nachzuweisen ist das Malteserkreuz, wie es international meist genannt wird, in der heutigen Form auf Ordensmänteln bereits auf Zeichnungen, die der Vizekanzler des Ordens, Guillaume Caoursin, nach der erfolgreichen Abwehr der türkischen Belagerung von Rhodos im Jahr 1480 angefertigt hat. Das Ordenskapitel von 1489 sagt über das Kreuz ..." Amandus zog einen Zettel hervor. „... So sollen die Ritter vom Hospital, indem sie mit frommem Eifer sowohl die eine als auch die andere dieser Pflichten erfüllen, auf ihrem Gewande das Kreuz mit acht Spitzen tragen, damit sie eingedenk sind im Herzen, das Kreuz Christi zu tragen, geschmückt mit acht Tugenden, die sie begleiten."

„Was denn nun? Seligpreisungen oder Tugenden?"

„Beides, je nach Dokument."

„Okay. Die heutige Nutzung des Malteserkreuzes ist erst seit dem 16. Jahrhundert von Malta aus belegbar. Ich habe mir im Urlaub einmal den Großmeisterpalast des Ordens in La Valetta ansehen können. Beeindruckend."

„Die Frage bleibt", sagte Amandus, „was sagt uns das für diesen Fall? Es handelt sich offenbar um ein starkes christliches Symbol. Allerdings fällt mir dazu nichts ein. Nur", er machte eine kurze Pause, „etwas, was hiermit nichts zu tun hat. Kürzlich hatte Franz Andecker Besuch von vier schwarz gekleideten Männern, die mir auch irgendwie christlich oder priesterlich vorkamen. Ich habe allerdings keinen Beleg dafür. Das ist nur so ein Gefühl gewesen. Sie kamen und fuhren später wieder mit einem dunklen Kleinbus mit Kölner Kennzeichen."

„Sagtest du Franz Andecker? Hier aus dem Dorf?" fragte Anke. Amandus nickte. Sie hob den Kopf und schloss die Augen. „Dazu fällt mir etwas ein. Vor einigen Wochen schnackte ich in diesem Lebensmittelgeschäft mit Postagentur und neuerdings auch Bistro in Neuhaus mit der alten Meta Meyer. Da ging oben am Deich vor den Häusern Franz Andecker vorbei, den ich bis dahin nicht kannte. Meta sagte mir, dass sie ihn kennen würde. Sie wäre nach dem Tod ihres Mannes zu einer Kur oder Reha am Chiemsee gewesen. Dort fanden regelmäßig Gottesdienste für die Patienten statt, für ihre Klinik und eine benachbarte Psychosomatische Klinik gemeinsam. Dann war der Klinikseelsorger erkrankt, und er wurde bei einem Gottesdienst von einem anderen Priester vertreten. Und das war Franz Andecker."

„Was? Das gibt's doch nicht. Der ist Priester, katholischer Pfarrer? Kein Wunder, dass er trotz seines christlichen Gehabes noch nie in der hiesigen evangelischen Kirche gesehen wurde."

„Und Meta erzählte weiter, dass er eine solch erzkonservative Betonpredigt gehalten hätte, dass etliche Patienten währenddessen die Kirche verließen, obwohl sie wegen ihres Seelenheils dort waren. Eine Patientenbetreuerin soll hinterher gegangen sein und sich damit entschuldigt haben, dass es ein Vertretungspriester wäre, der eigentlich seit kurzem im Ruhestand sei. Meta wusste auch nicht, ob er zufällig vor Ort war, als Urlauber oder als Patient in der Psychosomatischen Klinik."

„Das ist ja ein Ding. Höchst interessant. Das sollten wir unbedingt im Auge behalten, wenn ich auch noch nicht weiß, wozu."

Der Wirt kam vorbei, räumte ab, und sie bestellten zwei Kaffee.

„Dann lass uns jetzt mal zu den schrecklichen Verbrechen an John Neumann und Konstantin Warmbach kommen", nahm Amandus Abendroth den Gesprächsfaden wieder auf. „Ich glaube, dass John Neumann einer brisanten Sache auf der Spur war, die etwas mit dem Schiffsfriedhof in der Elbmündung oder Nordsee zu tun hat. Vielleicht hatte er sogar die Gottfried mit den versunkenen Schätzen des Freiherrn und preußischen Generalleutnants Heinrich Menu von Minutoli entdeckt."

„Gut möglich, dass es um die Gottfried mit den wertvollen Altertümern aus Ägypten geht", sagte Anke. „Allerdings glaube ich nicht, dass er die Gottfried schon endgültig geortet hatte. Vielleicht hatte er die Fundstelle bereits eng eingegrenzt, aber ihm fehlte noch ein Detail, um sie tatsächlich zu finden. Dafür spricht die Ermordung von Konstantin Warmbach in der Hamburger Commerzbibliothek. Es ist doch durchaus möglich, dass er dort eine fehlende alte Seekarte oder andere Aufzeichnungen für John Neumann besorgen sollte. Sozusagen das letzte Teil, um das maritime Puzzle zu vervollständigen."

„Und jemand anderes wollte das nicht zulassen, weil er oder sie, sie meinetwegen auch im Plural, selbst hinter den antiken Schätzen her sind. Das ergibt einen Sinn, auch wenn sich alles im Bereich der Spekulation bewegt. Auf alle Fälle hat mich das Gespräch mit dir weitergebracht."

„Meine Klugheit oder Lebensklugheit?" lächelte Anke Tiedemann und blickte ihm in die Augen. Dabei legte sie ihre Hand auf seine, was sich für ihn gut und verführerisch anfühlte.

„Jetzt hätte ich beinahe noch etwas Wichtiges vergessen. Du arbeitest doch im Natureum. Hast du davon gehört, dass dort eine Ausstellung über diejenigen Fundstücke der Gottfried stattfinden soll, die 1822 an Elbe und Oste ans Ufer geschwemmt wurden? Noch nicht so bald, aber irgendwann."

„Habe ich mal am Rande mitbekommen. Ich bin dort ja nur halbtags beschäftigt und nicht mit der Ausstellung befasst. Ich werde mich aber selbstverständlich erkundigen." Nach einer kleinen Weile fuhr Anke fort. „Du willst doch wohl nicht andeuten, dass die Direktion des Natureums in die kriminellen Machenschaften verstrickt sein könnte, um an sensationelle Ausstellungsstücke zu kommen?"

„Daran hatte ich bisher nicht gedacht, aber gut, dass du mich auf die Idee gebracht hast." Der journalistische Spürhund brach vergnügt aus ihm heraus.

Amandus zahlte, und sie verließen das gemütliche Restaurant mit Blick auf die Oste und die Schwebefähre. Beim Passieren der Gaststube trat er noch zu einem kurzen Gruß an den Ecktisch der journalistischen Edelfedern und fragte, ob sie einen Politiker mit dunklen Geheimnissen zur Strecke bringen oder einen Korruptionsskandal aufdecken wollten.

Wollten sie aber nicht, zumal sie für unterschiedliche Redaktionen tätig waren. Es ging um Wichtigeres, nämlich um die Wiederansiedlung des Störs in der Oste und um die Verhinderung von überdimensionierten Windparks in der Nähe der historischen Schwebefähre, damit diese ihre Chance behielt, als UNESCO Weltkulturerbe anerkannt zu werden. Als Amandus sich zum Gehen wandte, gab ihm eine der Edelfedern, die offensichtlich gern gut aß und trank, noch schmunzelnd mit auf den Weg: „Übrigens, es gibt keinen

Schüler von Gustave Eiffel mit Namen Louis Pinette. Das ist ein unausrottbares Phantom in den Medien, seit ein bekannter Gastronom aus der Gegend es mal in einem Interview erwähnte. Die Geschichte geht anders."

Amandus grinste. „Ich weiß. Ich lese auch die regelmäßigen Gegendarstellungen im Internet. So ist das, einer sagt so, und einer sagt so."

Während der Rückfahrt lud Amandus Anke noch zu einem Beaujolais in seinem Hadler Fährhaus ein, da er als Chauffeur beim Essen kaum Wein getrunken hatte. Und ein Gästezimmer hätte er zur Not auch noch.

„Gut. Ich nehme das an. Mich reizt die Lagerfeuerromantik in deiner verrauchten Küche."

Kapitel 23

Amandus Abendroth sichtete an seinem Schreibtisch einige Papiere aus dem Aktendeckel, den er aus dem versteckten Arbeitszimmer auf Krischan Janssens Hof mitgenommen hatte. Er konnte aber nichts entdecken, was ihn bei seinen gegenwärtigen Recherchen voranbrachte. Er war allerdings auch nicht ganz bei der Sache und betrachtete das Wellenspiel auf der Oste. Im Norden stürmische Winde, ging es ihm amüsiert durch den Kopf, und er dachte dabei an eine der Edelfedern aus dem Fährkrug, der diese einmal literarisch entfacht hatte und jetzt aufpassen musste, dass er sich als alter Straßenkämpfer in keinen Inselkoller in der Nordsee hineinschrieb. Der zweite am Biertisch würde sicher aufmerksam den fünften Schatten einiger Amateure im Herbst betrachten und anschließend zum letzten Kampf im Paradies bitten. Und der dritte im Bunde schrieb über einen großen Journalisten einfach, was ist. Amandus schmunzelte freundlich über die Autorenkollegen und ihre Werke, winkte durch das Fenster der mit Bugwelle vorbeiziehenden Mocambo zu, obwohl es von Bord nicht bemerkt werden konnte.

Er legte sich Block und Bleistift zurecht, suchte eine Telefonnummer mit Oldenburger Vorwahl heraus und gab diese ein. Nach dreimaligem Freizeichen meldete sich die ihm wohlbekannte Stimme eines Professors aus dem Museum im Oldenburger Schloss.

„Herzog.“

„Moin, moin, Maximilian. Hier ist Amandus. Wie läuft's mit der Ausstellung?"

„Bestens. Aber deswegen rufst du sicher nicht an."

„Richtig. Ist doch immer wieder erfrischend, wenn man intelligente und aufgeweckte Gesprächspartner am anderen Ende hat. Also, hast du etwas über die Schrift herausfinden können?"

„Ich hätte dich auch demnächst angerufen. Ja, wir haben etwas herausgefunden, was dich in höchstem Maße interessieren dürfte. Und nicht nur dich. Am besten wäre es, wenn du so bald wie möglich hier vorbeikommen könntest, damit ich es dir ausführlich erläutern kann."

„Mache ich. Aber spann mich nicht so auf die Folter. Gib mir wenigstens ein paar Hinweise in Steno."

Amandus nahm den Stift zur Hand.

„Ungern. Aber gut. Wir haben die Glasplatten auseinandergenommen."

„Was heißt wir?"

„Ich habe eine Kollegin, eine begnadete Restauratorin, um Unterstützung gebeten, damit technisch nichts danebengeht."

„Okay. In Ordnung. Weiter bitte."

„Zwischen den Glasplatten befand sich nicht nur die auf den ersten Blick sichtbare Schrift, sondern darunter befand sich eine zweite, die man bei äußerer Betrachtung nicht erkennen konnte. Die Restauratorin hielt das für Dilettantismus der Aufbewahrung, aber immerhin war es noch so fachkundig gemacht, dass die Schriften nicht zerstört wurden."

„Gott sei Dank. Das hört sich spannend an, obwohl ich immer noch nicht weiß, worum es geht."

„Die Restauratorin war der Auffassung, dass derjenige oder diejenigen, welche die beiden Schriften zwischen die Glasplatten gebracht hatten, entweder nicht genügend Sachverstand besaßen, oder – was sie ebenfalls für wahrscheinlich hält – nicht genügend Zeit oder Glasplatten hatten, um beide Schriften wenigstens einigermaßen geschützt, sicher und getrennt aufzubewahren. Denn ganz ohne Ahnung schienen diese Leute nicht gewesen zu sein. War vielleicht nur eine provisorische Erstmaßnahme."

„Und was erzählen uns die Schriften?"

„Wenn sie echt sind, wären beide ein wissenschaftlicher Hammer. Die erste Schrift ist in Altem Griechisch verfasst, die aus dem frühen ersten Jahrhundert stammen könnte. Es gibt bisher noch nicht abgeklärte Hinweise auf die Herodes-Geschichte, den Kindermord in Bethlehem und die Flucht der sogenannten Heiligen Familie nach Ägypten. Und dann, wie gesagt alles in Kurzform, ist ein Satz identifizierbar, der das Christentum erschüttern könnte. Aber komm dazu lieber hier vorbei."

„Du wirst mich nicht los, bevor ich den Satz kenne." Die Spitze des Reporterstiftes drückte startbereit auf den Block.

„Er lautet: ‚Josef, seine Frau Maria, ihre Zwillinge Jesus und Joses sowie ihre Schwestern, vom Nil kommend, rasteten in El Adawia.' Auch wenn du kein Theologe und Bibelforscher bist, kannst du die ungeheure Bedeutung des Satzes erahnen."

„Kann ich, kann ich, Wahnsinn." Amandus sah schon die Schlagzeile vor seinem geistigen Auge, behielt dies aber für sich. „Ich komme so schnell wie möglich zu dir ins Oldenburger Schloss. Und was hat es mit der zweiten Schrift auf sich?"

„Wenn sie echt ist, ist sie einige tausend Jahre älter. Es ist ein Papyrus mit Hieroglyphen der Alten Ägypter. Sie könnten aus der 3. Dynastie des Alten Reiches um 2.650 vor Christus stammen. Insofern interessant, weil um diese Zeit die Stufenpyramide des altägyptischen Königs Djoser in der

Nekropole und Totenstadt Sakkara erbaut wurde. Sie gilt nach dem Gisr el-Mudir als das zweitälteste noch erhaltene, aus behauenen Steinen gemauerte Bauwerk Ägyptens. Und wie ich dir neulich erzählt habe, wurde diese Pyramide des Pharaos Djoser 1821 von dem Freiherrn und Preußischen Generalleutnant Heinrich Menu von Minutoli eröffnet. Hier könnte sich ein Kreis der Funde und der Fundgeschichte schließen, was aber noch näher untersucht werden muss."

„Und hast du, habt ihr, untersucht, was die Hieroglyphen bedeuten? Was sagen sie uns?"

„Es handelt sich um einen alten ägyptischen Grabfluch, auch der Fluch des Pharao genannt. Dieser Fluch soll die Königsgräber vor Grabräubern schützen, ist auch schon eingemeißelt an den Wänden in Pyramiden und Pharaonengräbern gefunden worden."

„Und wie lautet der Fluch?"

„Der Tod wird auf schnellen Schwingen zu demjenigen kommen, der die Ruhe des Pharaos stört."

„Noch ein Hammer. Passt ja auch zum Tod von einigen Reisebegleitern Minutolis in Ägypten und zum Untergang der Gottfried, wie du erzählt hast."

Amandus hatte die Sätze mitgeschrieben und dachte an eine weitere Schlagzeile.

„Warum hat sich Minutoli denn nicht an den Grabfluch gehalten?"

„Archäologen, Forscher, Wissenschaftler und Schatzsucher lassen sich von solchen magischen Sprüchen nicht abhalten. Obwohl es in ihren Reihen zahlreiche mysteriöse Todesfälle gegeben hat. Außerdem drang Minutoli 1821 in die Pyramide ein, und der Franzose Champollion hat die Hieroglyphen erst 1824 entziffert."

„Ach ja. Aber wie heißt es so schön: Unkenntnis schützt vor Strafe nicht. Und bei Kenntnis noch viel weniger. Nun aber die entscheidende Frage. Habt ihr die beiden Schriften einer Echtheitsüberprüfung unterzogen?“

„Da bin ich ganz gut vernetzt, auch mit alten Bekannten. Kleine Proben beider Schriften habe ich an das Labor des Bundesamtes für Materialforschung geschickt, wo Schriften auf ihre Herkunft und ihr Alter mit Radiokohlenstoffdatierung untersucht werden. Dazu gehören auch historische Schriften und Papyri aus der Antike. Die Ergebnisse stehen noch aus. Ich bin gespannt. Mein alter Studienfreund, mit dem ich zusammen in der Katholischen Hochschulgemeinde war, wird sich sicher bald melden.“

„Und ich bin ebenfalls gespannt. Vielen Dank für die Auskünfte und bis demnächst in Oldenburg.“

Kapitel 24

Amandus Abendroth hatte mehrfach versucht, Markus Baumann anzurufen, aber immer nur dessen Anrufbeantworter erreicht. Als Nachricht hatte er hinterlassen, dass er gerne über die angebotene Wanduhr, den Regulator, sprechen würde. Der Bitte um Rückruf war Markus Baumann bisher nicht nachgekommen. Das erwünschte Gespräch über den Regulator war allerdings auch nur die halbe Wahrheit, höchstens.

Weit wichtiger war dem Lokalreporter, dem internationalen Antiquitäten- und Altertumshändler bei anderen Themen auf den Zahn zu fühlen. Er wollte mit Markus Baumann auch über dessen Bekannten und Geschäftskollegen Wolf Amelung sprechen, Gott hab ihn selig. Dabei fühlte er sich routiniert genug, um nicht gleich mit der Tür ins Haus zu fallen, sondern sich geschickt und diplomatisch an die interessanten Punkte heranzuarbeiten. Das ging natürlich schlecht, wenn gar kein Gespräch zustande kam. Amandus Abendroth entschied sich für die direkte und überraschende Methode, die ihm häufig genug geholfen hatte.

Er war sich sehr sicher, dass Markus Baumann auf seinem Gutshof an der Oste oder in der Gegend weilte. Er hatte ihn zweimal mit seinem schweren 7er BMW auf der Dorfstraße vorbeifahren sehen. Auf dem Beifahrersitz hatte jedes Mal eine attraktive blonde Frau im Business-Look gesessen, die er nicht kannte. Er hatte die beiden auch auf dem Cadenberger Marktplatz auf dem Weg zur Kreissparkasse bemerkt, sie ihn aber nicht. Die Frau hatte trotz ihrer edlen

Geschäftskleidung einen aufregenden Gang und konnte sicher auch als Model auftreten, wenn sie denn wollte. Außerdem glaubte Amandus, bei ihr einen französischen Akzent wahrgenommen zu haben, was er als zusätzlichen Reiz empfand.

Angesichts dieser Klassefrau hatte Amandus sogar Verständnis dafür, wenn Markus Baumann etwas Besseres zu tun hatte, als mit einem Provinzjournalisten über eine Wanduhr zu sprechen. Er wollte ihn allerdings nicht so einfach ohne Rückruf davonkommen lassen – vielleicht ergab sich sogar eine Möglichkeit, diese Frau näher kennenzulernen. Amandus ließ den alten Benz und das Fahrrad dort, wo sie waren, und entschloss sich zu einer kleinen Deichwanderung.

Gummistiefel zog er heute ausnahmsweise nicht an, weil er nicht den Eindruck erwecken wollte, besser zur Oldie-Night in der Bauerndisco zu passen. Ein solides Schuhwerk aber war auf dem Land immer und für jeden angebracht. Damit machte man nichts falsch. Gleichzeitig ärgerte er sich, dass ihn ein faszinierendes Edelweib auf solch geckenhafte Gedanken bringen konnte, obwohl er Wichtigeres zu tun hatte.

Auf dem Deich wich Amandus Kuhfladen aus und stieg über Schafsködel hinweg. Ein Ochse blökte ihn mit seltsam zerfledderter Tonlage an, die früher wohl auch mal kräftiger und tiefer gewesen war. Er war auch nicht angriffslustig, fühlte sich eher in seiner friedlichen Ruhe gestört. Amandus ging ruhig an dem mächtigen Tier vorbei und passierte danach einige Dreh- und Klapptore. Ein Nebenerwerbslandwirt kam ihm entgegen, und sie hielten einen kleinen Schnack über das Leben am Fluss und in der Marsch.

Als Amandus auf die Frage des Landwirts hin erzählte, wohin er unterwegs war, wies ihm der Bauer eine Abkürzung. Er könne über seinen Hof durch das kleine Wäldchen gehen, woran der Gutshof angrenzt, wo er dann allerdings nicht über die Haupteinfahrt zum Gutshaus gelangen würde. Schon Generationen seiner Vorfahren wären diesen Weg gegangen, da sie als Bedienstete bei der Herrschaft auf dem Gut tätig gewesen wären. Amandus dankte und folgte dem ortskundigen Vorschlag, hielt ihn sogar für eine gute Idee.

Im Wäldchen schritt Amandus einen ausgetretenen Pfad entlang, der aber stellenweise mit Ästen und Gebüsch üppig zugewuchert war. Die Dienstwege zwischen niederem Stand und Herrschaft schienen doch schon eine Weile zurückzuliegen. Als er sich dem lichteren Rand des Wäldchens näherte, hörte er Stimmen vom Gutshof. Sie wurden immer lauter. Es war offenbar keine gedämpfte Unterhaltung von vornehmen Gutsbesitzern, sondern es klang immer deutlicher nach einem handfesten Streit. Amandus konnte eine zornige Männerstimme erkennen und eine klare, feste Frauenstimme, die mit französischem Akzent heftig Kontra gab.

Was Amandus Abendroth durch die Zweige von zwei Nadelbäumen hindurch erblickte, überraschte ihn noch mehr. Der lautstarke Streit spielte sich zwischen Markus Baumann und seiner unbekannten Traumfrau ab, die sich in angespannter Kampfeshaltung drei Meter voneinander entfernt gegenüber standen. Markus Baumann fuchtelte auf der breiten Treppe unter dem überdachten Eingangsportal mit etwas herum, was Amandus wie eine Lanze vorkam. Hinter ihm standen drei Männer mit dunklen Anzügen, die überall spannten. Sie hatten breite Schultern wie Bodybuilder und kahlrasierte Köpfe, die im Verhältnis zu den mächtigen Körpern wie kleine Smileys wirkten, allerdings nicht in der lachenden Version. Bereits auf weite Entfernung rochen sie nach Leibwächtern, denen auch Gewalt nicht fremd ist.

„Ich mache vieles mit, sehr viel sogar", stieß die Geschäftsfrau aus, „aber nicht alles. Ich steige aus."

„Das wollen wir doch mal sehen", blaffte Markus Baumann höhnisch zurück. „Du steckst doch viel zu tief mit drin. Aus der Nummer kommst du nicht mehr unbeschadet raus. Und das Geld brauchst du noch dringender als ich, du großartige Schuldenbaronin."

Nun antwortete sie ihrem Kontrahenten mit einer Geste, die Amandus der seriösen Klassefrau niemals zugetraut hät te. Sie hob nur lässig die Hand und zeigte Baumann den Mittelfinger. Dies schien ihn dermaßen zu provozieren, dass er mit der Lanze wie zum Wurf ausholte. Sie reagierte kühl.

„Wenn du das jetzt und hier machst, bist du für immer und ewig der Erpressung deiner netten Begleiter ausgeliefert, die sich das kleine Nebengeschäft sicher nicht entgehen lassen."

Markus Baumann stutzte und drehte sich zu den Muskelpaketen um. Die drei Männer grinsten leicht und schüttelten die Köpfe. „Die Alte spinnt." Markus Baumann nahm es befriedigt zur Kenntnis.

„Ist ja nicht jeder eine falsche Schlange wie du, du akademische Schnepfe. Sei bloß vorsichtig, Josephine, sonst machst du eher mit deinen Forschungsgegenständen Anubis und Osiris Bekanntschaft, als dir lieb ist. Und Auferstehen wirst du auch nicht, du nicht!" Er hob die Lanze. Sein Gesichtsausdruck war wütend und gnadenlos.

„Dies historische Prachtstück würde ich eher nicht benutzen. Dadurch sind in der Vergangenheit vermutlich zahlreiche Menschen ums Leben gekommen, aber dann wären auch neuere Spuren drauf. Mit meiner wären es dann zwei aus der Neuzeit. Außerdem würdest du durch deine Unbeherrschtheit nicht zu den Gutachten kommen, die du unbedingt brauchst."

Markus Baumann hielt inne, grinste verkniffen und ließ die Lanze sinken. Sie ging mit stolzem Gang wortlos zu einem Sportwagen. Die bulligen Bodyguards stürzten blitzartig hinter ihr her. Markus Baumann hielt sie mit einem schneidenden Zuruf und einer zackigen Handbewegung zurück.

„Warum Chef? Sie will aussteigen. Das ist Verrat. Das können wir nicht zulassen!"

„Schnauze! Ich bin hier der Boss! Außerdem kenne ich das Spiel. Sie ist noch immer zu mir zurückgekommen. Ohne mich läuft auch ihr Spiel nicht."

„Da wäre ich mir nicht so sicher", kam es schnippisch aus dem startenden Sportwagen, der im gleichen Moment mit aufheulendem Motor vom Hof preschte.

Amandus sah dem davonjagenden roten Alfa Spider nach. Am Heck hatte er noch das Schweizer Wappen mit weißem Kreuz in rotem Feld erkennen können, daneben das Kennzeichen GE und irgendein weiteres Wappen. Wahrscheinlich das Stadtwappen von GE, das er auf die Schnelle nicht einordnen konnte. Die Frau faszinierte ihn immer mehr, aber er riss sich wieder zusammen. Auf alle Fälle hielt er es für keine sonderlich kluge Idee, jetzt aus dem Wäldchen hervorzutreten und Markus Baumann auf die Wanduhr anzusprechen. Er wollte noch einen Augenblick warten und dann still und leise den Rückweg antreten.

Durch die Fichtenzweige hindurch sah Amandus Abendroth, wie Markus Baumann einem der Leibwächter die Lanze gab.

„Lass das Ding verschwinden! Und zwar auf Nimmerwiedersehen. Am besten du verbrennst es und schmeißt den Metallrest in die Oste."

„Okay, Boss."

Markus Baumann stapfte mit den beiden anderen Bodyguards im Schlepptau ins Gutshaus. Derjenige mit der Lanze in der Hand ging um eine Stallung, wo er vom Gutshaus aus nicht gesehen werden konnte, zu einem Audi-Kombi mit Hamburger Kennzeichen und öffnete die Heckklappe. Daraus zog er zwei blaue Plastiksäcke hervor und wickelte die Lanze ein. Mit diesem langen, blauen Paket ging er nun vorsichtig um sich blickend zum Ostedeich. Für Amandus war dies das Startzeichen, um sofort seinen Aufenthaltsort im Wäldchen zu verlassen, den Generationenpfad zurückzueilen und hinter einer Biegung ebenfalls den Deich zu erklimmen.

Von einer geschützten Stelle hinter einer zur Viehtränke umgewandelten Badewanne sah der Lokalreporter Markus Baumanns Gefährten zum Flussufer staksen. Aber er verbrannte weder den Lanzenschaft noch warf er die Metallspitze in die Oste. Er legte das blaue Paket sorgsam in eine Furche nahe dem Ufer. Dann rupfte er Grassoden aus und deckte damit die Furche ab, bis das Paket nicht mehr zu sehen war. Anschließend holte er vom Flussufer ein Stück Treibholz und steckte es zehn Schritte Richtung Deich entfernt in den Wiesenboden. Ein Kennzeichen zum Wiederauffinden des Verstecks, wie Amandus vermutete.

Der freie Journalist beobachtete, wie der Mann den Deich verließ, die Einfahrt zum Gutshof entlangschritt und bald darauf seinem Sichtfeld entschwand. Nach weiteren fünf Minuten ging Amandus direkt auf das Stück Treibholz im Wiesenboden zu, machte von dort aus zehn Schritte Richtung Osteufer und begann, die Grassoden wieder abzudecken. Er klemmte sich das blaue Paket unter den Arm und eilte so schnell wie möglich unter Sichtschutz des Deiches Richtung Dorf.

Als er sich weit genug entfernt hatte, stieg er zur Deichkrone hinauf und achtete kaum noch auf Kuhfladen und Schafsködel. Bald hatte er sein Hadler Fährhaus erreicht. Erleichtert dachte er kurz nach. Dann ging er ins Haus, holte den Autoschlüssel vom Garderobenschränkchen, schloss den Benz auf und verstaute das Paket quer über Rück- und Beifahrersitz.

Zehn Minuten später stoppte er auf dem Parkplatz neben der Polizeistation in Cadenberge, nahm sein Fundstück aus dem Auto und betrat das Revier. Hans-Heinrich Drewes und Fritjof Martens arbeiteten an ihren Rechnern. Amandus legte das Paket auf Heiners Schreibtisch.

„Was soll das denn? Hast du sie noch alle?“

„Das ist ein Geschenk von der Presse an die Polizei. Auf gute Zusammenarbeit.“

„Das wäre ja mal ganz was Neues von dir. Also, was ist das? Was soll das sein?“

„Nun gut, im Ernst. Hier drin befindet sich etwas, das ihr unbedingt von der Kriminaltechnik im Labor untersuchen lassen solltet.“

„Da kann ja jeder kommen und eine Plastiktüte untersuchen lassen, weil da der Schlüpfer seiner Frau drin war, die gerade von ihrem Liebhaber kam.“

„Okay, dann kann ich die Sache auch direkt zum Zentralen Kriminaldienst in Cuxhaven bringen und dem Ersten Hauptkommissar Karl Langner erzählen, dass sich seine Kollegen weigern, Beweismaterial anzunehmen.“

„Ist ja gut. Beweismaterial zu welchem Fall? Woher hast du das? Und noch mal: Was ist da drin?“

„Da drin befindet sich eine Lanze. Beweismaterial könnte es sein für den Mord an Wolf Amelung. Gefunden habe ich es am Ufer der Oste.“

„In Ordnung." Die Polizeihauptkommissare Hans-Heinrich Drewes und Fritjof Martens kannten Amandus Abendroth lange genug, um zu wissen, dass er hiermit keine dummen Scherze trieb.

„Aber du weißt doch sicher noch mehr. Erzähl mal die ganze Geschichte. Gib Butter bei die Fische."

„Ich weiß kaum mehr. Und was ich weiß, ist durch Pressegesetze geschützt. Ich sage nur Informantenschutz."

Amandus war sich bewusst, dass dieses Argument im vorliegenden Fall eine schräge Begründung war, aber er wollte nicht alle seine Kenntnisse und Recherchen preisgeben, bevor die Story stand. Aber auch dazu konnte die Kooperation mit der Polizei gelegentlich hilfreich sein.

„Du machst dich strafbar, wenn du die Ermittlungsarbeit der Polizei behinderst."

„Ich bringe euch gerade ein Mordsbeweisstück, höchstwahrscheinlich jedenfalls, und dir fällt nichts Besseres ein, als mir Behinderung der Polizeiarbeit vorzuwerfen. Erzähl das doch mal jemandem, der ohne Nachhilfe selbständig bis drei zählen kann. Und frag ihn, was er von deinem Vorwurf hält."

„So kommen wir nicht weiter ..."

„Finde ich auch. Lasst uns eine Deal nach hanseatischer Art machen, also eine Abmachung, von der beide Seiten Vorteile haben."

„Und die wäre? Du weißt, dass wir an Recht und Gesetz gebunden sind."

„Ich gebe euch dieses Beweisstück. Ihr lasst es im Labor untersuchen. Dann erfahre ich von euch die Ergebnisse als Erster, womit ich meine, früher als meine Kollegen von den Konkurrenzblättern. Und ihr erfahrt von mir im Gegenzug Neuigkeiten, die ich weiß, äh, die ich bis dahin recherchiert habe."

„Wenn wir etwas an die Presse geben, dann an alle gleichzeitig. Und Untersuchungsergebnisse, die wir aus ermittlungstaktischen Gründen geheim halten müssen, geben wir schon gar nicht an die Presse."

„Sollt ihr ja auch nicht an die Presse geben, sondern an mich. Ich weiß, ihr müsst durch solche Erklärungen eure Pension absichern. Also gilt der Deal?"

Beide Polizisten schwiegen. Zuerst grinste Fritjof Martens, dann Hans-Heinrich Drewes, und Amandus verließ mit nach oben gerecktem Daumen das Büro der Polizei, der Freunde und Helfer.

Kapitel 25

Amandus Abendroth tippte die Ergebnisse seiner bisherigen Recherchen in den Laptop. Als er fertig war, blickte er zufrieden aus dem Fenster seines Arbeitszimmers auf die idyllisch vorbeifließende Oste, den schönsten Nebenfluss der Elbe, wie er fand. Nun gab er die E-Mail-Adresse seines Chefredakteurs Uwe Rother ein, schrieb nur einen Satz dazu, hängte die Datei mit seinem vorläufigen Rechercheberich als Anhang an und drückte auf „Senden“. Das hatte er mit dem Redaktionsleiter so vereinbart, ebenso allerdings, dass es noch nicht veröffentlicht werden sollte.

Sein Telefon klingelte. Es war Erika Meibohm, die Schamanin und Regisseurin orientalischer Historienschauspiele, wie Amandus amüsiert dachte.

„Herr Abendroth, ich würde Sie gerne mal sprechen.“

„Nur zu, machen Sie ja schon. Was gibt es?“

„Lieber nicht am Telefon. Können Sie bei mir vorbeikommen? Möglichst bald. Ich habe nämlich Besuch, der Sie interessieren könnte. Wir können aber auch zu Ihnen kommen.“

„Ich bin in zwanzig Minuten bei Ihnen.“

Amandus bog mit dem alten Benz in die Einfahrt zu Erika Meibohms mächtigem Marschenhof ein. Auf dem Vorplatz des Bauerngehöftes stockte ihm fast der Atem, diesmal aber nicht wegen Osiris und Anubis. Dort parkte der rote Alfa Romeo Spider mit dem Schweizer Kennzeichen. Äußerlich vollkommen ruhig, innerlich aufgeregt, ging er mit etwas weichen Knien auf die prächtige Eingangstür zu, die mit Malereien und Schnitzereien verziert war.

Erika Meibohm bat ihn in die geräumige Diele, die mit alten Möbeln im Bauernstil eingerichtet war. Sie bat ihn, am großen Holztisch Platz zu nehmen, an dem bereits Marwan, der erfolgreiche Internetunternehmer aus Ägypten und Dr. Ing. der TU Hamburg-Harburg, saß. Aus einem Nebenraum trat nun die Traumfrau seiner Phantasiewelt hinzu, die aus der Nähe noch faszinierender aussah als aus der Ferne.

Als sie ihn mit dunkler, leicht rauchiger Stimme begrüßte und ihm die Hand reichte, war es fast um ihn geschehen. Dir könnte ich sofort aus der Hand fressen, dachte er. Ich werde es aber sicher nicht machen, da solche Frauen dieses Verhalten in der Regel nicht besonders spannend finden. Ins Bett gehen wäre keine schlechte Alternative, setzte er den triebgesteuerten Gedankengang fort. Aber das würde hier und jetzt selbst bei einer Schamanin und Hexe als Gastgeberin wohl als unangemessen gelten.

„Freut mich ebenfalls, Sie kennenzulernen“, war das eingedampfte Ergebnis seiner Gedankenwelt.

Erika Meibohm servierte Tee, selbstgebackenen Butterkuchen und wünschte guten Appetit. Rasch kam sie aber zum Sinn und Zweck dieses Treffens.

„Herr Abendroth, vor einiger Zeit sagte ich Ihnen, dass es vielleicht sogar wünschenswert wäre, dass Sie etwas veröffentlichen, wenn die Zeit reif wäre. Ganz so weit ist es zwar noch nicht, aber meine Besucher bleiben nicht ewig in der Gegend, und wir möchten Ihnen einige Informationen mit auf den Weg geben, die Sie später gerne verwenden können. Josephine Delacroix ist Professorin an der Universität Genf und Expertin für Archäologie und Altertumsforschung. Wir kennen uns schon seit vielen Jahren aus Ägypten, waren allerdings nie Freundinnen. Im Gegenteil.“

„Und das heißt?“ Amandus blickte fragend von Erika Meibohm zu Josephine Delacroix.

„Das heißt“, fuhr Erika Meibohm fort, „dass wir beide an Altertümern interessiert waren, aber auf unterschiedliche Weise. Genauer gesagt, wir haben gegeneinander gearbeitet.“

„Und woher kommt nun die offenbare Eintracht, oder täusche ich mich?“

„Sie täuschen sich nicht“, sagte nun Josephine Delacroix und lächelte Amandus an. „Aber ganz so einfach ist die Sache auch nicht.“

„Dann erzählen Sie doch einfach mal, wie die Sache ist.“

„Ich bin engagierte Wissenschaftlerin, war aber immer karrierebewusst, und diese Karriere habe ich ja auch gemacht. In meiner Fachdisziplin hat das natürlich immer damit zu tun, Zugang zu interessanten Forschungsgegenständen, wie Artefakten, zu bekommen, die nicht jedem zugänglich sind ...“

„... und die von Wissenschaftlern und anderen Interessierten außer Landes geschafft werden“, warf Marwan ein.

„Richtig, aber darauf komme ich gleich. Ich habe im Sinne der Wissenschaft einiges mitgemacht, was vielleicht nicht ganz korrekt war ...“

„... was aus meiner Sicht eher milde ausgedrückt ist.“

„Gut, Erika, wahrscheinlich stimmen wir heute noch nicht in allem überein. Aber lassen Sie mich zum Punkt kommen. Ich habe, wie gesagt, einiges mitgemacht, was politisch oder juristisch nicht korrekt war. Aber bei Mord ist bei mir Schluss. Damit will ich nichts zu tun haben.“

„Mord?“ fragte Amandus gedehnt.

„Ja, Mord. Dafür fehlen mir allerdings die Beweise. Das ist auch der Grund, warum diese Geschichte noch nicht reif ist, um sie Ihnen zu berichten. Wir haben Sie aus einem anderen Grund hergebeten. Ich tue Erika damit einen Gefallen, auch Dr. Marwan Alimohammed. Und es erleichtert mich auch. Es geht um Hintergrundinformationen, die vielleicht helfen könnten, einen Mordfall aufzuklären. Hoffentlich auch, weitere zu verhindern."

„Interessant. Ich höre."

Marwan schaltete sich ein: „Wie Sie vielleicht mitbekommen haben, sind während der Unruhen im Zuge der ägyptischen Revolution Altertümer aus dem Ägyptischen Museum in Kairo verschwunden. Zum Glück sind viele wieder aufgefunden worden. Die kleine Kalkstein-Skulptur des Pharaos Echnaton mit blauer Chepresh-Krone fand sich neben einem Mülleimer und die vergoldete Holzstatue des eine Harpune werfenden Tutanchamun in einer Tüte auf dem Bahnsteig einer U-Bahnstation. Es ist nach bisherigen Erkenntnissen kein großer Schaden entstanden, weil sich Menschenketten und Bürgerwehren landauf, landab Dieben und Plünderern in den Weg gestellt haben. Das lässt erkennen, welchen Wert das ägyptische Volk auf seine Altertümer legt. Ganz anders sieht es mit wertvollen Stücken aus, die seit Hunderten von Jahren außer Landes geschafft wurden, auch heute noch."

Erika Meibohm und Dr. Marwan Alimohammed nickten übereinstimmend. Der Ägypter nahm den Faden engagiert auf: „Fast überall auf der Welt ist die Ausfuhr archäologischer Kunstgüter verboten und steht unter Strafe. Trotzdem landen jedes Jahr Tausende Objekte auf dem internationalen Kunstmarkt. Sammler in aller Welt jagen nach den Schätzen vergangener Kulturen und fördern so die Plünderung und Zerstörung zahlreicher archäologischer Stätten."

„Und", fuhr Erika Meibohm fort, „auf dem internationalen Markt wird die Beutekunst für Unsummen gehandelt. Legal ist das Geschäft mit den Antiken nicht, dennoch werden nach Schätzungen der UNESCO und des FBI jedes Jahr mehrere Milliarden Euro und Dollar mit Diebesgut aus Raubgrabungen, Einbrüchen und Plünderungen umgesetzt. Zwar sind die Händler verpflichtet, beim Verkauf die Herkunft des Objektes anzugeben, doch nicht selten wird hierbei getrickst und behauptet, das Fundstück sei seit Jahrzehnten Teil einer alten Privatsammlung. Die Käufer, Sammler und Kunstliebhaber blicken nicht auf die dunkle Vergangenheit der Kunstschätze, ignorieren die hässliche Seite der Kunst."

„Apropos hässliche Seite", sagte Marwan, „das Geschäft mit den gestohlenen Antiquitäten gilt neben dem Waffen- und Drogenhandel als eine der wichtigsten Finanzierungsquellen terroristischer Organisationen. Nach den Plünderungen des afghanischen Nationalmuseums in den 1990er Jahren und des irakischen in Bagdad 2003 tauchten Stücke daraus im internationalen Handel auf, was wir auch für Ägypten befürchten. Wenn man weiß, dass Artefakte zum Beispiel von den Taliban, al Qaida und anderen Organisationen verkauft werden, um ihre Kriege zu finanzieren, dann weiß man: Es klebt Blut an den Artefakten. Weniger die Kunstliebhaber, aber die Händler wissen genau, dass ein Teil des Geldes in den Terrorismus fließt."

„Vieles von dem ist ja richtig", wandte nun Josephine Delacroix ein, „aber nicht alles. Es gibt eben eine andere Seite. Wenn Raubgrabungen und Handel ein permanentes Problem sind, das durch die aktuellen Ereignisse nur verschärft wurde, dann läuft diese Logik darauf hinaus, dass ein Handel mit antiken Objekten grundsätzlich das kulturelle Erbe eines Landes bedroht, für dessen Altertümer eine Nachfrage besteht. Und weil die Gefährdung eines kulturellen Erbes auch dessen Erforschung schadet, müssten auch die Wissenschaftler grundsätzlich etwas gegen Händler haben.

Warum das nicht so ist, möchte ich an einem Beispiel verdeutlichen: den ägyptischen Antikengesetzen. Als 1798 mit der Expedition Napoleons das Interesse an ägyptischer Kunst erwachte, durften Reisende und Forscher mit nach Hause nehmen, was und wie viel sie wollten. 1835 wurde die Ausfuhr von antiken Kulturgütern verboten. Das äußerst löchrige Verbot enthielt sogenannte Gummiparagraphen, die in der Praxis noch lascher gehandhabt wurden. Die Gesetze wurden später mehrfach verschärft. 1983 wurden alle Altertümer zu Regierungseigentum erklärt, und die Fundteilung zwischen Entdecker und Staat abgeschafft. Der Handel wurde stark beschränkt und sollte mit der Zeit ganz abgeschafft werden. 2010 wurde das Gesetz von 1983 noch einmal nachgebessert. Die Strafen wurden erhöht, und für Hinweise, die zur Rückführung von Stücken nach Ägypten dienen, wurden Belohnungen ausgesetzt."

„Das ist doch wohl vollkommen in Ordnung, sofern der Staat demokratisch legitimiert ist, wie wir nach der Arabellion alle hoffen. Ich verstehe nicht, wieso Wissenschaftler trotzdem noch etwas für Händler übrig haben sollten." Erika Meibohm nickte Dr. Marwan Alimohammed zustimmend zu.

„Das will ich Ihnen sagen", antwortete die schöne Genferin. „Das ägyptische Antikenrecht hat in zahlreichen Fällen, dreizehn sind dokumentiert, dazu geführt, dass ganze archäologische Stätten von Bauern zerstört wurden. Nehmen Sie einen Fellachen, der auf seinem Feld etwas findet. Das Gesetz verlangt, dass er den Fund innerhalb von achtundvierzig Stunden den Behörden meldet. Das Stück wird Staatseigentum, der Bauer hat nichts davon. Theoretisch kann ihm ein Finderlohn zugesprochen werden, was aber nach meiner Kenntnis noch nie passiert ist. Wenn der Fellache sogar mehrere Stücke findet, wird die Sache richtig schlimm für ihn.

Dann erklärt der Staat seinen Acker zum archäologischen Gebiet, entschädigt ihn aber nur für die Ackerfläche, nicht für die Funde auf seinem Land. Nur wenn der Bauer mutig genug ist, die Funde auf den Schwarzmarkt zu tragen, bleibt es der Wissenschaft erhalten. In der Regel hat er aber Angst vor Denunziation der Nachbarn, will in erster Linie seinen Acker behalten und versenkt die archäologischen Fundstücke im nächsten Kanal."

„Dieser Sichtweise kann ich überhaupt nicht zustimmen."

„Vielleicht sollten wir doch mal darüber nachdenken, mein lieber Marwan. Möglicherweise könnte eine tatsächliche Entschädigung oder Fundteilung für die Bauern eine gute Idee für eure neue Regierung sein." Erika Meibohm goss bei diesen Worten Tee nach.

„Meine Damen, Herr Dr. Alimohammed, das sind interessante Hintergrundinformationen, aber für welche Hauptgeschichte? Ich arbeite ja weder für Al Ahram noch für internationale Blätter. Der Oste-Kurier ist eine Lokalzeitung. Es sei denn, es wird eine tolle Exklusivstory, die weit über die Region hinaus auf Interesse stößt."

„Herr Abendroth", sagte Erika Meibohm mit einem Lächeln, „wir wissen genau, an welcher Geschichte Sie dran sind und worüber Sie Recherchen anstellen. Genau um diese Geschichte geht es."

„Das ist mir zu nebulös. Lassen Sie uns keine Spielchen machen. Legen Sie die Karten auf den Tisch."

„Das haben wir vor. Aber jetzt geht es noch nicht. Seien Sie aber darauf vorbereitet, dass wir uns bald bei Ihnen melden werden. Dann kann es möglicherweise ganz schnell gehen. Das ist auch der Grund, warum wir Sie jetzt schon mit Hintergrundwissen versorgt haben."

„Das reicht mir nicht. Woher wollen Sie eigentlich wissen, dass ich an einem Fall recherchiere und an welchem?

Ich mache einen Vorschlag. Jeder von uns sagt ein Stichwort. Dann wissen wir, woran wir sind."

Erika Meibohm und Amandus Abendroth sahen sich zunächst an wie zwei Pokerspieler, dann wie die zwei erwartungsvollen Königskinder, die nicht zueinander finden können, weil keine Brücke über den Fluss vorhanden ist.

Erika Meibohm suchte den Blick von Dr. Marwan Alimohammed und wandte sich anschließend Professor Josephine Delacroix zu. Beide nickten.

„Minutoli."

„Kugelbake."

Die angespannten Gesichter der vier Personen lösten sich zu einem befreienden Lächeln. Nun nickten alle, standen auf und gaben sich die Hand.

Die Hand von Josephine Delacroix blieb etwas länger in derjenigen von Amandus, als sie sagte: „Falls Sie für einen Artikel weitere Hintergrundinformationen benötigen, stehe ich Ihnen gerne zur Verfügung."

„Darauf werde ich liebend gerne zurückkommen. In jedem Fall."

Auf der Rückfahrt überlegte Amandus, woher Erika Meibohm und die anderen von seinen Recherchen wissen konnten. Wer wusste davon? Anke Tiedemann und seinen Chefredakteur schloss er aus. Die Hauptkommissare Hans-Heinrich Drewes und Fritjof Martens? Eigentlich auch nicht, aber auf dem Dorf wurde viel gequatscht. Erster Hauptkommissar Karl Langner aus Cuxhaven? Glaubte er nicht. Markus Baumann? Eigentlich auch unmöglich, oder hatte er etwas über die Bibliothekarin der Commerzbibliothek in Hamburg erfahren? Professor Dr. Maximilian Herzog im Oldenburger Schloss? Oder gab es Kontakte zum Priester Franz Andecker? Wie denn und welche? Oder hatte jemand von den Likedeelern geplaudert?

Solange Amandus auch überlegte, er kam zu keinem Ergebnis. Allerdings wollte er auch nicht ausschließen, dass er von Erika Meibohm, Josephine Delacroix und Marwan Alimohammed in eine Falle gelockt werden sollte.

Kapitel 26

Amandus Abendroth hatte mit der Weserfähre von Sandstedt nach Brake übergesetzt, vom Landkreis Cuxhaven in den Landkreis Wesermarsch, einschließlich des üblichen Fährprogramms mit Bockwurst, Kaffee, Zigarette und Toilettengang innerhalb von zehn Minuten. Nach einer halben Stunde nahm er in Oldenburg die Autobahnabfahrt Bürgerfelde und fuhr die Alexanderstraße Richtung Zentrum hinunter.

Den Ring um die Innenstadt mit der Fußgängerzone verließ er gegenüber dem Schlosspark und bog zur Lambertikirche und dem dahinterliegenden Schloss ein. Die Parkplätze waren alle besetzt, und er drehte mehrere Runden auf der kleinen Straße zwischen Kirche und Schloss. Da es sich überwiegend um Oldenburger Kennzeichen handelte, schimpfte er vor sich hin, warum die denn, verdammt noch mal, nicht mit dem Bus oder Fahrrad in die City fahren konnten.

Nach fünfzehn Minuten Wartezeit ging eine extravagant gekleidete Blondine auf einen grauen C3 zu und lud ihre Tüten von einem Kosmetikgeschäft ein. Sieht so aus, dachte Amandus sarkastisch, als ob sie sich Bräunungsmittel zur Unterstützung ihres Sonnenstudio-Abos gekauft hätte. Aber egal, Hauptsache, sie macht sich vom Acker, was sie auch tat, nachdem sie ihr Aussehen im Rückspiegel betrachtet und sich dann auch noch ausgiebig die Hände eingecremt hatte. Amandus parkte den alten Benz rückwärts ein, nahm seine Umhängetasche vom Beifahrersitz und stieg aus.

In einiger Entfernung sah Amandus zwei kräftige, schwarzgekleidete jüngere Männer vom Schloss herüberkommen. Eiligen Schrittes bewegten sie sich zum anderen Ende der kleinen Straße mit dem Autowendeplatz. Einer der beiden schien etwas unter dem Arm zu tragen, das wie ein in braunes Packpapier eingeschlagenes Bild aussah.

Als sie vor dem Wendeplatz in einen schwarzen VW Bus einstiegen, fiel es ihm wie Schuppen von den Augen. Sie gehörten zu den vier Männern in schwarzer Kleidung, die er kürzlich vor dem Haus von Franz Andecker gesehen hatte. Der Bus fuhr sofort aus der Parklücke heraus, und Amandus registrierte das Kölner Kennzeichen.

Intuitiv stellte Amandus sich in die Mitte der Straße, aber der Kleinbus hielt direkt auf ihn zu, und der drohende Blick des Fahrers verhieß nichts Gutes. Ihm blieb nichts anderes übrig, als zur Seite zu springen, was der Beifahrer mit einem spöttischen Grinsen quittierte. Ob auch die beiden älteren Männer in Schwarz im Bus saßen, konnte er durch seinen Rettungssprung nicht erkennen. Schnell fädelten sie sich vor der Lambertikirche in den fließenden Verkehr um die Innenstadt ein, und der Kleinbus war verschwunden.

Hier stimmt etwas nicht, dachte Amandus, und zwar ganz und gar nicht. Er machte sich große Sorgen um seinen alten Freund Maximilian Herzog und eilte auf den Eingang des Schlosses zu. Er verzichtete sogar darauf, vor der Tür noch in Ruhe eine Zigarette zu rauchen. Der Dame am Empfang des Museums für Kunst- und Kulturgeschichte rief er nur zu, dass er ganz schnell zu Professor Dr. Maximilian Herzog müsse, und ließ sie verdutzt zurück. Er nahm immer zwei Stufen auf einmal. Die Eingangstüren zum Festsaal standen offen, und ein Plakat wies auf ein Benefizkonzert von Sinfonia Concertante für die UNO-Flüchtlingshilfe und Flüchtlinge in Ostafrika hin. Er warf im Vorbeieilen einen

Blick in den prächtigen Fürstensaal, aber dort wurde nur Info-Material auf die Sitze gelegt, und vorne wurden Notenständer aufgebaut.

An der Zimmertür von Professor Dr. Maximilian Herzog klopfte er an und betrat ohne auf eine Antwort zu warten das Büro. Erleichtert stellte er fest, dass dieser offensichtlich lebend und unversehrt hinter seinem Schreibtisch saß. Maximilian Herzog schien gerade etwas in einer unteren Schreibtischschublade verstaut zu haben und blickte nun überrascht zu Amandus, der einen etwas aufgelösten Eindruck machte.

„Was ist denn mit dir los?“ fragte Herzog. „Du siehst ja aus, als ob dir der Leibhaftige begegnet wäre.“

„So ähnlich. Und gleich in mehrfacher Anzahl.“

Professor Herzog bat Amandus zunächst einmal in Ruhe in der Sitzecke Platz zu nehmen und servierte ihm Kaffee, Kekse und ein Glas Wasser, welches Amandus gleich zur Hälfte austrank. Maximilian Herzog schien selbst etwas nervös zu sein, was Amandus aber kaum registrierte und eher seinem eigenen Auftritt zuschrieb. Als er sich etwas gefangen hatte, überlegte er, ob er seinem Freund den Hintergrund seiner Aufgewühltheit erzählen sollte. Er entschied sich für eine unverfänglichere Variante.

„Es geht schon wieder. Ich wäre zwischen Schloss und Lambertikirche beinahe von einem Auto überfahren worden. Zum Glück gelang mir ein Sprung zur Seite.“

„Da bin ich aber froh. Immer diese rücksichtslosen Raser. Man sollte ihnen den Führerschein entziehen. Aber dann ist die Polizei natürlich nicht da.“

Amandus ließ das so stehen. Ihm stand im Augenblick nicht der Sinn nach einer Vertiefung dieser Geschichte.

„Dann möchte ich mal auf den eigentlichen Grund meines Besuches kommen. Was hat denn das Labor des Bundesamtes für Materialprüfung bei der Echtheitsprüfung der beiden Schriftstücke herausgefunden? Beim Jesus-Zwilling und dem Grabfluch des Pharaos?"

Professor Dr. Maximilian Herzog zog nervös ein Taschentuch aus der Hosentasche und wischte sich damit über die Stirn.

„Das Hieroglyphen-Fragment mit dem Grabfluch des Pharaos ist mit ziemlicher Sicherheit in die Zeit Djosers einzuordnen, wie die Radiokarbonuntersuchnung und weitere Prüfungen ergeben haben. Es ist also vor etwa 4.600 Jahren entstanden, um 2.650 vor Christus. Das ist eine wissenschaftliche Entdeckung ersten Ranges."

„Hammer! Eine Sensation." Amandus formulierte im Geiste bereits die Schlagzeile. Andererseits wunderte er sich darüber, dass Professor Dr. Maximilian Herzog so wenig Begeisterung, keinen wissenschaftlichen Enthusiasmus erkennen ließ.

„Und was ist mit dem Jesus-Fragment, dem Papyrus? Ist es ebenfalls echt?"

Herzog nestelte wiederum das Taschentuch hervor. Seine Körpersprache drückte Unsicherheit und Verlegenheit aus.

„Es ist verschwunden."

„Wie bitte? Ich habe wohl nicht richtig gehört."

„Doch, leider. Du hast richtig gehört. Verschwunden."

„Das glaube ich jetzt nicht. Das musst du mir erklären, möglichst genau."

„Es ist offenbar auf dem Transportweg verschwunden."

Amandus sprang auf und ging im Büro auf und ab, bewegte sich wie der gefangene Panther vor seinen Gitterstäben.

„Hör mal zu, Maximilian, dein ganzes Verhalten spricht dafür, dass an dieser Geschichte etwas ganz verdammt nicht stimmt. Diejenigen, die mich draußen beinahe überfahren hätten, sind mir nicht unbekannt. Sie sind katholische Priester, wahrscheinlich Abgesandte des Kardinals des Erzbistums Köln, vielleicht sogar des Vatikan. Sie kamen aus dem Schloss, und einer trug etwas unter dem Arm, was mir jetzt höchst verdächtig vorkommt. Und du weißt, welches Erdbeben dieses Schriftstück für das Christentum auslösen wird, wenn es echt ist und bekannt wird. Also sag mir, was wirklich Sache ist und was du weißt, alter Freund."

Amandus hatte ein wenig geblufft, aber seine Schlussfolgerungen erschienen ihm folgerichtig. Maximilian Herzog war in sich zusammengesunken und blickte nur auf den Tisch vor sich. Nach einer Weile hatte er offensichtlich einen Entschluss gefasst, richtete sich auf und straffte seine Körperhaltung.

„Nach deinem letzten Besuch habe ich das Dokument entsprechend gesichert an meinen alten Studienfreund geschickt, der im Bundesamt für Materialforschung das Labor leitet, in dem auch Alters- und Echtheitsbestimmungen von alten Schriften und Papyri vorgenommen werden. Vor einer Woche rief er mich an und teilte mir mit, dass er kleine Proben für die Untersuchung genommen und mir das Original wieder zurückgeschickt hat. Es kam auch vor drei Tagen wieder hier an. Er wollte mir dann so bald wie möglich sein Gutachten übermitteln. Vor zwei Tagen rief er mich wieder an und sagte mir, dass er kein Gutachten erstellen wolle und könne."

„Warum nicht? Wart ihr nicht zusammen in einer katholischen Studentenorganisation?"

„Genau. Daran erinnerte und appellierte er. Er sagte, im Falle, dass dieses Schriftstück keine Fälschung wäre, könnte es unsere Heilige Kirche erschüttern, was er nicht verantworten wolle. Ich fragte ihn, ob das Dokument echt wäre und aus welcher Zeit es stammt. Darauf sagte er nur, selbst wenn das Dokument zweifelsfrei in die erste Hälfte des ersten Jahrhunderts zu datieren wäre, hieße es noch nicht, dass der Inhalt wahr wäre. Auch da hätte es schon Gegner von Jesus Christus gegeben, die möglicherweise mit einem gefälschten Papier die Jungfrauengeburt und die Auferstehungsgeschichte ad absurdum führen wollten. Ich habe auch an seine Ehre als Wissenschaftler appelliert, was aber nichts nützte."

„Und dann hat er seine Informationen und Untersuchungsergebnisse mit Vertrauten aus der katholischen Studentenzeit geteilt und die schwarzen Jungs sind hier aufgetaucht?"

„So wird es wohl gewesen sein. Ich hatte ja das Original zurück und hätte es von einem anderen Labor untersuchen lassen können."

„Und wieso ist es jetzt weg?"

„Sie kamen eine Stunde bevor wir beide verabredet waren und verlangten in massiver Form das Schriftstück. Ich sagte ihnen, nur über meine Leiche, worauf sie erwiderten, dass ich das haben könne. Einer zog eine goldfarbige Kette hervor, wie man sie von Weihrauchschwenkern kennt, die er zu einer Schlinge formte. Sie boten mir dann eine elegantere Lösung an. Und nur wenn ich die nicht annehme, würden sie kurzfristig die zehn Gebote aussetzen, insbesondere: Du sollst nicht töten. Sie schienen das ernst zu meinen."

„Und ‚Du sollst nicht stehlen' gehört wohl auch noch dazu. Was war denn die elegante Lösung, denn du lebst ja noch?"

Professor Dr. Maximilian Herzog erhob sich und ging zu seinem Schreibtisch. Er zog eine große untere Schublade auf, zog das ältere Modell eines schwarzen Diplomatenkoffers hervor, kehrte zu Amandus in die Sitzecke zurück und legte ihn auf den Tisch.

„Mach auf."

Amandus ließ die Schlösser aufschnappen und öffnete den Deckel.

„Wow. Und du hast dich auf dieses schäbige Geschäft eingelassen?"

Beide blickten auf die eng gestapelten Banknoten. Überwiegend rötliche Fünfhunderter, einige Reihen grüner Hunderter, randvoll bis an die Oberkante des Koffers.

„Welche Alternative hatte ich? Entweder tot und das Schriftstück ist weg, oder ich lebe, habe das Geld und das Schriftstück ist weg."

„Auch wieder richtig. Wie viel ist es?"

„Eine Million."

„Dann war das Schriftstück echt!"

„Das wollen sie in ihren renommierten Instituten prüfen lassen, wie sie sagten. Sie wechselten ständig zwischen massiven Bedrohungen und charmanter Eloquenz."

„Das heißt sicher, dass es in den Kellern des Vatikan verschwinden wird. Was passiert nun mit dem Geld?"

„Das gehört dir, denn das Schriftstück war in deinem Besitz. Ich habe es nur für dich verkauft. Vielleicht willst du mir eine Maklercourtage abgeben?"

„Du hast sie wohl nicht alle. Ich bin ein korrekter Journalist und lasse mich nicht korrumpieren. Auch von dir nicht."

„Reg dich ab und denk mal logisch nach. Wem gehört das Schriftstück? Vielleicht stammt es von dem ägyptischen Arzt und Jugendfreund Jesu mit Namen Benan, der Jesus auch in die Geheimnisse der Medizin und der Magie eingeweiht haben soll, was hilfreich für die Wunder war. Wer weiß es? Gehört es Minutoli oder seinen Nachkommen?

Dafür gibt es keinen Beleg. Oder dem verstorbenen Bauern in deinem Dorf ...“

„Krischan Janssen.“

„... der, oder dessen Vorfahren, es sicher auch nicht legal erworben haben.“

„Und sein Neffe Wolf Amelung ist tot und hat nach meiner Kenntnis keine Kinder.“

„Und er hätte wahrscheinlich sowieso keinen Anspruch gehabt. Wer bleibt also? Du. Wäre doch auch mal ganz nett, dein karges Zeilenhonorar etwas aufzubessern. Und schreiben kannst du über die Geschichte trotzdem, nur dass der Echtheitsbeleg fehlt.“

„Hört sich logisch an, aber auch irgendwie unsauber. Oder ist das eine der berühmten Gelegenheiten im Leben, die man nicht verstreichen lassen sollte? Und mit der Geschichte ohne Echtheitsbeleg willst du mich verführen.“

„Wenn das Dokument im Vatikan verschwindet, was wir nicht wissen, ist es eine Katastrophe für die Wissenschaft. Aber auch für die Menschheit? Für das Christentum? Religionen wie das Christentum bieten die Wiederauferstehung und ein Leben nach dem Tode an, weil die Menschen Angst vor dem Sterben haben. Das macht das Christentum so erfolgreich. Und falls dieses Dokument endgültig verschwinden sollte, bleibt den Menschen der Glaube an die Auferstehung und das ewige Leben. Was ist schlecht daran? Du warst doch selbst vor einigen Jahren schwer krank und wusstest nicht, ob du überlebst.“

„Stimmt. Und da bin ich auch wieder in die Kirche gegangen und habe gebetet. Eigentlich unfair, erst dann wieder in die Kirche zu gehen, aber so war es. Und es hat mir geholfen und meiner Seele gutgetan.“

„Na also. Und was machen wir jetzt mit dem Geld?“ Amandus überlegte einen Augenblick und traf dann eine Entscheidung. „Wir teilen es. Fifty-fifty. Dann muss ich nicht allein ein schlechtes Gewissen haben.“

„Keiner von uns muss ein schlechtes Gewissen haben“, war das endgültige Urteil von Professor Dr. Maximilian Herzog.

Die Geldbündel wurden auf den Tisch geschüttet und gezählt. Amandus’ Hälfte blieb im schwarzen Diplomatenkoffer, Herzog verstaute seine in einer Reisetasche, die er aus einem Schrank holte. Bevor Amandus das Büro verließ, steckte er sich noch sämtliche Scheine aus seinem Portemonnaie in die Jackentasche, die wenige Minuten später in den Spendentopf für das Benefizkonzert für die Flüchtlinge in Ostafrika wanderten.

Kapitel 27

Amandus Abendroth hatte in der Küche seines Hadler Fährhauses den Wasserkocher angestellt, Pulverkaffee, zwei Süßstofftabletten und einen Schuss fettarme Milch in den Kaffeebecher geschüttet, anschließend goss er das kochende Wasser hinterher. Bei geöffnetem Fenster zündete er sich dazu eine Zigarette an, obwohl er sonst nur auf der Terrasse oder im Garten rauchte. Er ließ die letzten Ereignisse Revue passieren.

Den Schlüssel hatte er in der Abseite unter dem Dach in seinem Arbeitszimmer im Obergeschoss gut versteckt. Die Angestellte der Sparkasse im Nachbarort hatte zwar überrascht geguckt, dann aber geschäftsmäßig die Formalitäten erledigt. Sie war dann mit ihm in den gesicherten Raum mit den Bankschließfächern gegangen, hatte ihm seinen Schlüssel für das neue Schließfach ausgehändigt, ihren Gegenschlüssel in die zweite Öffnung gesteckt und diskret den Raum verlassen. Jetzt ruhten die halbe Million Euro und das Original des Hieroglyphenschriftstücks sicher bei der Kreissparkasse Wesermünde-Hadeln. Amandus dachte auch daran, was Professor Maximilian Herzog und er sich beim Abschied per Handschlag versprochen hatten.

Zur gleichen Zeit verließ eine sehr große Motoryacht mit gebremstem Schub der mächtigen Maschinen einen Privatanleger am Ufer der Oste. Sie nahm Fahrt auf Richtung Oste-Sperrwerk und somit auch zur Ostemündung in die Elbe. Am Ruder stand ein muskulöser Mann mit kurzgeschorenen

Haaren, neben ihm der kräftige, sportliche Eigner in legerer Freizeitkleidung, über Seekarten gebeugt. Bei einem rückwärtigen Blick Richtung Schiffsheck legten sich Zornesfalten über sein Gesicht. Er klemmte sich die Karten unter den Arm, eilte zur Kabinentür und stieg die Treppe hinunter. Auf den Bänken saßen vier Männer in Taucheranzügen.

„Ihr Idioten", schrie sie der Eigner an. „Warum ist der Bordkran nicht abgedeckt, wie ich es gesagt habe? Ich habe nicht in Hamburg den stabilsten und tragfähigsten Kran einbauen lassen, um ihn hier zur Besichtigung spazieren fahren zu lassen."

„Reg dich doch nicht auf, Chef. Er ist doch noch gar nicht ausgefahren und noch zusammengeklappt", verteidigte sich einer der Taucher.

„Das lass mal besser meine Sorge sein. Ich will kein Risiko eingehen. Also los. Abdecken. Und zwar sofort!"

Zwei der Taucher stiegen aus der Kabine an Bord hinauf. Sie zogen eine graue Plane über den Bordkran und zurrten diese fest.

„Nun zufrieden, Chef?"

„Frag nicht so blöd. Nächstes Mal macht ihr sofort, was ich sage. Jetzt sieht es auch aus der Ferne aus wie eine Sitzbank."

Kapitel 28

Amandus Abendroth war mit dem Kaffeebecher in den Garten gegangen, wo er sich einem weiteren qualmenden Laster hingab. Sein Handy meldete sich. Es war Erika Meibohm.

„Herr Abendroth, es geht los."

„Was geht los?"

„Kommen Sie einfach zum Yachthafen in Neuhaus. Und zwar schnell."

„Okay. Die Fragen stelle ich hinterher."

Fünfzehn Minuten später parkte Amandus den Benz neben dem Hafenmeisterhäuschen am Yachthafen des Fleckens Neuhaus an der Oste und schwang sich mit seiner Reportertasche aus dem Wagen. Erika Meibohm winkte ihm von Bord der größten Motoryacht zu, die zwischen den anderen hier vor Anker lag. Die „Amanda", wie der Reporter schmunzelnd feststellte. Nach einer weiteren Minute legten sie ab.

Am Ruder stand Marwan, der die Yacht schon seit einiger Zeit gechartert hatte. Weiterhin befanden sich einige der jungen Leute an Bord, überwiegend Studenten, die beim historischen Schauspiel auf Erika Meibohms Hof mitgewirkt hatten, unter ihnen auch Mohammed aus Alexandrien und seine Freundin Sabrina, die beide einen Taucheranzug trugen. Eine blonde Frau, ebenfalls im Taucherdress, drehte sich lächelnd zu ihm um. Es war Josephine Delacroix.

Erika Meibohm bat Amandus in die komfortable Kabine hinab. Josephine Delacroix, Sabrina und Mohammed folgten.

„Herr Abendroth, Sie werden sicher viele Fragen haben. Ich versuche sie Ihnen vorab zu beantworten. Und zwar kurz und knapp. Für ausführliche Erläuterungen können wir uns zu einem späteren Zeitpunkt noch einmal zusammensetzen."

Amandus nickte und zog Block und Stift heraus. „Irgendwelche Einwände?" Erika Meibohm schüttelte den Kopf.

„Vor uns fährt Markus Baumann mit seiner Yacht Teje, übrigens die Mutter Echnatons und Großmutter Tutanchamuns, die gleich von der Oste in die Elbe einbiegen wird. Mit ihm sind einige üble Gestalten an Bord, die offiziell als Personenschützer tätig sind. Einige von ihnen waren Kampfschwimmer bei der DDR-Marine, andere bei der Bundeswehr. Sie haben ganz offensichtlich alle Seekarten und sonstigen Informationen zusammen, um das Wrack der Gottfried aufzuspüren. Wie sie die erhalten haben, können Sie sicher ahnen."

„Höchstens vermuten. Aber sagen Sie es mir."

„Markus Baumann ist ein internationaler Antiquitätenhändler, der in viele undurchsichtige und illegale Geschäfte verwickelt ist. Er handelt mit Artefakten aus Raubgrabungen, Altertümern ohne Herkunftsnachweis ..."

„Was verboten ist", warf Josephine Delacroix ein.

„... oder mit gefälschten Herkunftsnachweisen sowie gestohlenen Antiken und Antiquitäten." Sie sah zur Genfer Professorin hinüber, die ihren Blick senkte.

„Also das volle kriminelle Programm", hielt Amandus fest. „Wie ist er denn nun zu den Informationen über die Lage der Gottfried gekommen?"

„Er hat sich die Informationen durch Morde verschafft. Aus dem Grund habe ich mich von ihm und seinen Geschäften getrennt“, sagte Josephine Delacroix mit fester Stimme.

„Er war der Gottfried und Minutolis archäologischen Funden seit längerem auf der Spur, wie etliche andere Schatzjäger auch. Und zwar zusammen mit seinem Geschäftspartner Wolf Amelung, der auch nicht seriöser war als er selbst. Vielleicht hatte Amelung mehr Informationen und wollte ihn betrügen. Deshalb hat Markus Baumann ihn ermordet oder ermorden lassen.“

„Das ist eine schwere Beschuldigung“, sagte Amandus.

„Wir wollten eines Abends zu ihm, um ihn zur Rede zu stellen.“ Erika Meibohm wies auf Mohammed und Sabrina und zeigte mit dem Finger nach oben zum Ruder über ihnen. „Vor uns bog ein schwarzer BMW auf Wolf Amelungs Hof ein, so dass wir ein Stück weiter fuhren, parkten und zu Fuß zum Hof zurückgingen. Aus der Ferne, verdeckt von Büschen, konnten wir sehen, wie Wolf Amelung öffnete und Markus Baumann und zwei seiner Bodyguards einließ. Nach zwanzig Minuten kamen sie wieder heraus und fuhren eilig davon.“

„Und dann seid ihr reingegangen?“ Amandus vergaß, dass sie sich siezten.

„Nein. In dem Moment kam ein anderer Typ an, von dem ich jetzt weiß, dass es Franz Andecker war.“

„Aha“, sagte Amandus nur.

„Der war aber so schnell und verstört wieder draußen, dass er es sicher nicht war.“

„Was war?“

„Wir gingen dann ins Haus. Die Tür war offen, und niemand reagierte auf das Klingeln. Da fanden wir ihn in seiner blutdurchtränkten Verkleidung als Johanniter oder Malteser-

Ritter im durchwühlten Zimmer. Das kann Franz Andecker nicht gewesen sein. Der war zu kurz drin."

„Gut, oder auch nicht gut. Das ist zwar eine Möglichkeit, wie Markus Baumann an weiteres Material über die Gottfried gekommen sein könnte. Aber es ist kein Beweis."

„Dazu können wir etwas sagen." Die Studentin Sabrina zeigte auf sich und ihren Freund Mohammed.

„Wir kannten Konstantin Warmbach vom Studium und trafen ihn hier im Dorf, wo er in den Semesterferien so eine Art wissenschaftlicher Assistent des Wrackforschers John Neumann war, der ebenfalls auf der Suche nach der Gottfried war. Wir hatten Konstantin in die Commerzbibliothek nach Hamburg begleitet, wo er fehlende Seekarten für John Neumann suchen sollte. Wir gingen in andere Bibliotheksabteilungen.

Als wir zu den Seekarten zurückkehrten, sahen wir durch ein Bücherregal, wie Markus Baumann drohend vor Konstantin stand und zwei seiner Bodyguards den armen Kerl brutal in die Mangel nahmen. Sie hatten ihm auch ein Seil um den Hals gelegt. Hatten wohl keine Bedenken, weil sonst keine Besucher bei den Seekarten waren. Sie hatten ihm scheinbar schon eine Karte abgenommen, wollten wohl aber noch eine Auskunft aus ihm rauspressen.

Als Konstantin die preisgegeben hatte, zog ihm einer von Baumanns Killern das Seil fest um den Hals, riss seinen Kopf zurück, dass es knackte, und der zweite stieß ihm ein Messer in den Leib. Sie wollten wohl ganz sicher gehen, dass er sie nicht verraten konnte. Es ging so schnell, dass wir nichts machen konnten. Dann hatten wir Angst um unser Leben und sind abgehauen."

„Verständlich."

„Kurze Zeit später sahen wir die beiden Killer wieder, wie sie auf das Haus von John Neumann zugingen. Und kurze Zeit später war auch er tot.“

„Ich hab ihn gefunden“, sagte Amandus. „Schrecklich zugerichtet. Und sein Hund auch. Nun spricht natürlich einiges dafür, dass sie durch diese brutalen Schandtaten der Fundstelle der Gottfried näher gekommen sind.“

Die Motoryacht hatte merklich Fahrt aufgenommen, und Erika Meibohm meinte, dass sie jetzt besser an Deck gehen sollten. Oben versuchte sich Amandus zu orientieren. Die Yacht war von der Ostemündung durch das Sperrwerk hindurch und am Natureum vorbei in den breiten Strom der Elbe eingebogen. Die weitere Fahrt ging nicht nach Wischhafen, Stade und Hamburg, sondern Richtung Cuxhaven, wo das mächtige Mündungsdelta der Elbe in die Nordsee übergeht.

Kapitel 29

Die Amanda war Markus Baumanns Motoryacht Teje in gebührendem Abstand gefolgt, um keinen Verdacht zu wecken. Das fiel heute nicht schwer, weil auf der Elbe viel Betrieb war. Mit Ferngläsern beobachteten Marwan, Erika Meibohm, Josephine Delacroix und Amandus Abendroth das Zielobjekt. Sie hielten sich dabei verdeckt, falls von der Teje aus ebenfalls mit Gläsern die Umgebung abgesucht wurde. Nach einer Weile schien Baumanns Yacht vor Anker zu gehen. Marwan nahm ebenfalls Kraft zurück, und die Fahrt der Amanda verlangsamte sich. Dann wurde der Anker geworfen.

Marwan hatte einen jungen Mann als Wache am Ruder postiert und kam zu den anderen an Deck. Auf seine Anweisung hin setzten all diejenigen Sonnenbrillen auf, die bisher noch keine trugen, ebenfalls Sonnenhüte und Basecaps und banden sich als weiteren Schutz Tücher um Hals und untere Gesichtshälfte. Selbst mit starken Gläsern konnten sie so von der Teje aus nicht erkannt werden. Dann wurden Angeln und Eimer verteilt. Jeder zufällige oder gezielte Beobachter musste sie für harmlose Angeltouristen halten.

„Gut so“, sagte Marwan, „aber noch besser wäre es, wenn wir zusätzlich ein zweites Boot auf der anderen Seite hätten, um die Teje in der Mitte zu haben. Wir können zwar ahnen, was sie vorhaben, wissen es aber nicht genau. Die Teje hat nämlich ein paar PS mehr als die Amanda und würde uns entwischen, wenn es darauf ankommt.“

„Hättet ihr ja auch mal eher sagen können“, antwortete Amandus und zog sein Handy aus der Jackentasche. Kurze Zeit später sprach er mit Albert Asmuss von den Likedeelern in Cuxhaven. Nicht nur Albert war früher zur See gefahren, bevor er sich der Malerei widmete, auch andere aus der Künstlergruppe. Und mehrere von ihnen besaßen Boote, auch Motoryachten, die in Cuxhaven lagen. Nach einer guten Stunde hatten sich weitere Angeltouristen in großer Distanz auf der anderen Seite der Teje eingefunden. Hoffentlich, dachte Amandus, kommt uns nun nicht Greenpeace dazwischen und zeigt uns wegen Raubfischerei oder Überfischung der Elbe an.

„Ihre Taucher gehen von Bord“, rief Josephine Delacroix durch ihre Hände, die sie wie eine Flüstertüte vor den Mund hielt. Marwan, Mohammed, Sabrina und Josephine machten sich fertig. Selbst im Taucheranzug hat sie noch eine Klassefigur, dachte Amandus mit Blick auf die Genfer Altertumsexpertin.

„Seid vorsichtig“, sagte Erika Meibohm. „Denen traue ich alles zu.“

„Wir wollen nur sehen, was sie machen, und nicht zu dicht rangehen“, erwiderte Marwan. „Wir sind ja nicht das erste Mal unter Wasser. Die beiden Frauen haben schon das ganze Rote Meer abgetaucht, und Mohammed war Taucher bei der ägyptischen Marine.“

„... und Marwan mein Ausbilder“, ergänzte der Angesprochene.

Sie verschwanden im Schutze der Bordwand, die der Teje abgewandt war, in den Fluten der Elbe.

Amandus Abendroth und Erika Meibohm angelten weiter in der Elbe.

„Mir ist immer noch unklar, wie Wolf Amelung mit seiner Verkleidung an die Kugelbake geraten konnte.“ Amandus blickte Erika durch seine alte Ray-Ban-Sonnenbrille an.

„Kann ich Ihnen sagen. Aber wollen wir nicht auch Du sagen?“

Amandus nickte zustimmend.

„Als wir Wolf Amelung tot auffanden, ahnten wir, besser gesagt, wussten wir, was Markus Baumann und seine Spießgesellen vorhatten. Wir waren uns sicher, dass er die gesunkene Gottfried und die ägyptischen Altertümer im Auge hatte. Mohammed hatte die spontane Idee, ihm zusätzlich die Anubis-Maske aufzusetzen und ihn gut sichtbar auffinden zu lassen. Als Warnung an Baumann und seine kriminelle Antikenbande, den Pharao in Ruhe zu lassen und die Gottfried nicht auszuplündern. Da kam mir die Idee mit der Kugelbake, die auf die Gottfried in der Elbmündung oder Nordsee, wie wir wussten, hinausweist. Wir haben Amelung zur Amanda gefahren und mit der Amanda zur Kugelbake und ihn dort aufgehängt.“

„Dann hatte Albert Asmuss doch recht mit dem Motorengeräusch in der Nacht“, murmelte Amandus in seinen Bart.

„Wie bitte?“

„Ach nichts. Ganz offensichtlich hat eure Warnung Markus Baumann nicht sonderlich beeindruckt. Kann aber auch sein, dass die Presse auf Wunsch der Kripoermittler zu zurückhaltend über Amelung an der Kugelbake berichtet hat und Markus Baumann die Warnung gar nicht mitbekommen hat.“

„Sieht ganz danach aus. So oder so. Leider nicht.“

Die vier Taucher kletterten einer nach dem anderen über die Bordleiter zurück an Deck der Amanda und entledigten sich ihrer Ausrüstung. Josephine Delacroix setzte sich auf eine Bank und schlug die Hände vors Gesicht. Sie machte einen mitgenommenen Eindruck. Marwan berichtete.

„Wir sind ohne Probleme in die Nähe der Teje gekommen. Dort drüben hatten sie sicher während wir angelten Tiefenmessungen mit Echolot und Sonaranlage vorgenommen. Wir sind vorsichtig an die Teje herangetaucht, aber die Sicht war schlecht, und Unterwasserscheinwerfer wollten wir nicht einsetzen, um nicht entdeckt zu werden. Es hat sicher auch keiner von denen damit gerechnet, dass sie unter Wasser beobachtet werden.

Deshalb konnten wir nah genug heran, um mitzubekommen, dass Baumanns Taucher mit Wasserspülung von einem Objekt Schlick wegspülten. Scheinbar haben sie etwas gefunden. Dann muss einer der Feindtaucher Josephine entdeckt haben. Er hat ihr von hinten die Tauchermaske vom Gesicht gerissen und griff sein Tauchermesser vom Gürtel. Ich war aber dicht genug dran, ohne dass er mich entdeckte. Ich zog mein Messer ebenfalls. Bevor er dann weiteres Unheil anrichten konnte, habe ich die Sache erledigt. Drüben haben sie jetzt einen Taucher weniger."

Amandus Abendroth und Erika Meibohm atmeten tief durch. Amandus wollte zu Josephine treten, um sie tröstend in den Arm zu nehmen. Sie stand aber mit einem Ruck auf und schüttelte das gefährliche Ereignis ab, wobei auch ihre blonden Haare hin und her flogen. Energisch sagte sie: „Jetzt sind Markus Baumann und seine Leute gewarnt. Wir müssen uns etwas einfallen lassen. Vermutlich wollten sie tagsüber nur die richtige Stelle ausfindig machen und diese markieren. Bei Tageslicht etwas zu heben, wäre zu auffällig gewesen. Sie hätten sich dann wahrscheinlich zurückgezogen und wären im Schutze der Nacht zurückgekehrt. Vermutlich bleiben sie jetzt bis zur Dunkelheit vor Ort."

„Sie werden unsere Boote bestimmt auch auf dem Schirm haben. Da sie sicher schwer bewaffnet sind, kann ich mir auch einen Angriff vorstellen, um uns vorbeugend auszuschalten.“ Marwan überlegte.

„Am besten wir ziehen beide Boote bis zum Abend aus ihrer Sichtweite zurück. Dann können sie nicht unentdeckt entkommen, ohne einen von uns zu passieren.“

Alle stimmten zu, und Amandus informierte Albert Asmuss per Handy. Bei Einbruch der Dunkelheit hatte die Teje weder die Amanda noch die Motoryacht der Likedeeler passiert. Sie beschlossen, dass sich beide Boote im Schutze der Nacht der Teje vorsichtig wieder annähern sollten. Auf der Amanda kamen jetzt die Nachtsichtgläser zum Einsatz, bei den Likedeelern ebenfalls. Amandus hatte die Teje im Fokus.

„Sie haben den Bordkran ausgefahren und heben etwas. Das Objekt muss ziemlich schwer sein, denn die Teje beugt sich stark zur Seite, obwohl sie dicht an der Bordwand arbeiten. Der Kran und die Hydraulikstempel sind sicher bis an die Grenzen belastet. Jetzt richtet sich die Teje wieder auf. Offensichtlich haben sie das Objekt an Bord gehievt. Sie nimmt Fahrt auf, und zwar in unsere Richtung.“

Marwan hatte das Geschehen mit seinem Infrarot-Nachtsichtgerät beobachtet und eilte der Teje mit voller Fahrt voraus Richtung Ostemündung davon. Die Likedeeler hielten sie per Mobiltelefon von achtern auf dem Laufenden. Amandus stieg zu Marwan ans Ruder hinauf.

„Wahrscheinlich biegen sie in die Ostemündung ein zu Baumanns Privatanleger.“

„Sollen sie doch die schwere Arbeit der Bergung machen, und wir übernehmen dann.“

„Schön und gut, Marwan, aber sie sind schwer bewaffnet und werden ihren Schatz nicht freiwillig rausrücken. Ich rufe die Freunde und Helfer der Polizei zur Unterstützung."

Dr. Marwan Alimohammed überlegte einen Augenblick.

„Okay. Ist zwar nicht gut, aber es geht nicht anders. Wenn sie ihren Fund erst mal an Land und in einen schnellen Transporter geschafft haben, kann die Sache für uns verloren sein. Mach das."

Sekunden später hatte Amandus Hauptkommissar Hans-Heinrich Drewes auf dem Handy erreicht. Als der etwas von Feierabend erzählte, wurde Amandus zornig und dramatisch. Heiner Drewes begriff schnell, hörte jetzt gespannt zu, und Amandus schilderte ihm kurz und präzise die Situation.

Die Amanda machte im Yachthafen von Neuhaus an der Oste fest. Alle eilten von Bord zu den geparkten Autos, die Augenblicke später durch die Überfahrt in der Deichlücke verschwunden waren.

Die Teje näherte sich ohne Positionslichter dem Privatanleger zwischen Geversdorf und Oberndorf. Sie machte fest. Markus Baumann sprang auf den Anleger und ging auf ein großes, mobiles Kranfahrzeug am Ufer zu. Einige Meter entfernt stand ein heller Sprinter mit offenen Heckklappen, zu denen eine Rampe hinaufführte. Baumann gab dem Kranfahrer die Anweisung, näher an den Anleger heranzufahren und den Kranausleger zur Yacht zu schwenken. Baumann fluchte über den Zeitverlust, da der Kranführer nach der Standortverlagerung die Stabilität wieder herstellen musste.

Amandus Abendroth lag geschützt hinter einem Busch am Deich und beobachtete die Szene durch das Nachtsichtgerät. Auf dem Boot wurde von Baumanns Männern etwas an der Hebevorrichtung befestigt. Der mobile Kran hob ein mächtiges Teil von Bord in die Höhe, mindestens drei Meter lang, zwei Meter hoch, die Tiefe war nicht zu schätzen. Der

Kranausleger schwenkte das Hebegut zum Anleger, von wo Markus Baumann aus dirigierte.

In diesem Moment flammten Scheinwerfer auf und ließen das am Kranausleger hängende Teil als rötlichen Granitsarkophag erkennen. Gleichzeitig schallte aus einem Lautsprecher: „Achtung, Achtung, hier spricht die Polizei."

Im selben Augenblick flog ein Raubvogel erschreckt aus einem Gebüsch neben dem Anleger auf und streifte Markus Baumann mit seinen Flügeln. Dieser stieß einen Schreckensschrei aus, geriet ins Taumeln, stürzte, schlug mit seinem Kopf an der Bordkante der Teje auf und versank unter seiner Yacht in der Oste.

„Der Tod wird auf schnellen Schwingen zu demjenigen kommen, der die Ruhe des Pharaos stört."

Amandus Abendroth hatte diesen Grabfluch bisher nicht ernst genommen. Er hatte ihn für Hokuspokus gegenüber abergläubischen Ägyptern gehalten, um Grabräuberei zu verhindern. Nun konnte er kaum glauben, was er gesehen hatte. Trotzdem hatte er als Profi nicht vergessen, eine Fotoserie zu schießen.

Die Männer auf Baumanns Yacht dachten gar nicht daran, ihren Boss zu retten, sofern noch etwas zu retten war. Noch weniger kam ihnen in den Sinn, sich der Polizei zu ergeben. Sie schnitten die Festmachertaue zum Anleger durch, feuerten blind auf die Scheinwerfer und legten mit voller Kraft ab. Der Polizeilautsprecher ließ sie wissen: „Sie haben keine Chance. Schifffahrtspolizei, Wasserschutzpolizei und Bundespolizei werden Ihren Fluchtversuch verhindern. Drehen Sie bei und verlassen Sie das Boot mit erhobenen Händen."

Sie scherten sich weiterhin nicht um die Aufforderung der Polizei und erhöhten die Geschwindigkeit Richtung Ostemündung. Als ihnen vom Sperrwerk zwei Polizeiboote entgegenkamen, ließen sie die Teje beim Neuhäuser Yachthafen am Ufer brachial auflaufen, sprangen über Bord und flüchteten zu Fuß weiter. Kurze Zeit später waren sie zwischen den Lokalen „Tivoli“ und „Brauhaus Neuhaus“ vom Sondereinsatzkommando der Polizei eingekesselt worden, als sie dabei waren, einen Audi A6 zu knacken.

Nach einem heftigen Schusswechsel mit dem SEK sahen sie die Aussichtslosigkeit und tödliche Gefahr ihrer Gegenwehr ein. Ihr Leben schien ihnen lieb zu sein. Baumanns Männer traten aus dem verwilderten Garten eines ebensolchen Hauses hervor, legten ihre Schusswaffen auf den Bürgersteig und erhoben die Hände.

Nun wagten sich auch die Gäste aus dem Tivoli und dem Brauhaus wieder auf die Straße, von der sie vorher von den Teje-Männern mit Schüssen vertrieben worden waren, als sie den Autodiebstahl verhindern wollten. Einige klopften sich Glassplitter von der Kleidung, die von den zerschossenen Fenstern und Leuchtreklamen der beiden Lokale stammten.

Kapitel 30

Der rote Granitsarkophag war noch in der Nacht von Polizeibeamten zur Polizeiinspektion Cuxhaven gefahren worden. Dort wurde er in den Räumlichkeiten der Kriminaltechnik ab- und sichergestellt.

Da die nächtlichen Geschehnisse am Osteufer und in Neuhaus kein Geheimnis bleiben konnten, entschlossen sich Amandus und sein Chefredakteur Uwe Rother zu schnellem Handeln. Noch vor der Morgendämmerung wurde der erste Bericht von Amandus Abendroth auf Oste-Kurier-Online veröffentlicht. Als Überschrift wählten sie: „Der Fluch des Pharao trifft kriminellen Antiquitätenhändler".

Zum Text konnte Amandus ein Glücksfoto beisteuern, welches zudem auch noch scharf war, und zwar in jeder Hinsicht. Es zeigte den angestrahlten roten Granitsarkophag am Kran, davor den Raubvogel, dessen rechte Schwinge Markus Baumanns Kopf berührt, und im Hintergrund die Motoryacht Teje auf der Oste. Das Foto und der Text wurden sehr schnell von zahlreichen Online- und Printmedien angefordert und veröffentlicht, was dem freien Lokalreporter einen netten Nebenverdienst versprach. Ans Ende des Artikels stellte der Oste-Kurier den Hinweis, dass demnächst ein ausführlicher Bericht in der Printausgabe folgen würde.

In der Polizeiinspektion Cuxhaven hatten sich mehrere auswärtige Fachleute in den Räumen der KTU eingefunden, darunter Kriminaltechniker von der Polizeidirektion Oldenburg, weitere wissenschaftliche Experten vom Landeskriminalamt, dem BKA sowie Altertumsforscher und Ägyptologen des Ägyptischen Museums in Berlin sowie weiterer Museen und Universitäten. Auf Initiative von Hans-Heinrich Drewes, Fritjof Martens und des Ersten Hauptkommissars Karl Langner durfte auch Amandus Abendroth an der Untersuchung teilnehmen, die von den Cuxhavener Kriminaltechnikern gemeinsam mit den externen Spezialisten vorbereitet worden war.

Sie standen um den roten Granitsarkophag, der, mit symbolischen Figuren geschmückt, ein wunderschönes Kunstwerk darstellte. Ein Kran hob den oberen Deckel des Sarkophags langsam und ächzend an, bewegte ihn dann vorsichtig zur Seite. Zunächst konnte Amandus im Inneren nur Dunkelheit erkennen, entgegen seiner Erwartung aber kaum Wasser. Entweder war das Wasser verdunstet oder die ägyptischen Steinmetze hatten passgenau auf Kante gearbeitet, so dass kaum Wasser eindringen konnte. Ein Glücksfall war es sicher auch, dass der Deckel des Sarkophags beim Untergang der Gottfried 1822 an seinem angestammten Platz geblieben war und auch die Raubbergung heil überstanden hatte.

Nun säuberten die Fachleute mit unendlicher Akribie den Inhalt und arbeiteten sich millimeterweise durch die Staub- und Schmutzschicht bis zur Mumie vor. Amandus wusste, dass dieses wissenschaftlich-methodische Vorgehen sicherlich korrekt und notwendig war, trotzdem machte es ihn nervös und ungeduldig. Er wippte auf seinen Füßen. Das stellte er ein und sich selbst auf die Zehenspitzen, als nach und nach immer größere Teile einer Goldmaske freigelegt wurden. Eindeutig die goldene Totenmaske eines Pharaos, wie die Fachleute voller Ehrfurcht und Rührung feststellten. Bei einigen flossen sogar Tränen, dass sie bei diesem denkwürdigen Ereignis dabei sein durften.

Nach Ewigkeiten, zumindest nach Amandus' gefühlter Zeitrechnung, war die Goldmaske freigelegt. Sie erinnerte ihn sofort an die Totenmaske Tutanchamuns, auch wenn sie keinesfalls identisch war. Sie war nach seiner Laieneinschätzung anders gearbeitet, nicht ganz so fein ziseliert, aber trotzdem wunderschön, beeindruckend, um nicht zu sagen ein göttliches Kunstwerk. Diesen einmaligen Anblick musste er unbedingt mit der Kamera festhalten, was ihm den missbilligenden Blick einer Ägyptologin einbrachte, ihn aber nicht weiter störte. Denn die KTU-Leute fotografierten ebenfalls, wenn auch im Auftrag der Wissenschaft und der Polizei.

Ein geraffter Text mit dem Foto der Goldmaske des Pharaos wurde wiederum auf Oste-Kurier-Online veröffentlicht und ein ausführlicher Bericht in der Printausgabe. Er gab auch die erste Einschätzung der Fachleute wieder, dass es sich vermutlich um die goldene Totenmaske des Pharaos Djoser handeln würde, der als erster Pharao mit dem Totenkult des Pyramidenbaus begann, wovon die architektonische Glanzleistung seiner Stufenpyramide in Sakkara Zeugnis ablegt. Endgültig festlegen wollten sich die Wissenschaftler aber noch nicht, da weitere Untersuchungen notwendig wären.

Dieser Bericht, so schmunzelte Amandus am Laptop in seinem Arbeitszimmer in sich hinein, war schlichtweg um die Welt gegangen. Erst waren die großen Print- und Online-Medien in ganz Deutschland eingestiegen, TV-Sender ebenfalls, dann kam Al Ahram in Kairo, al Dschasira strahlte die sensationelle Geschichte von Katar in die TV-Geräte der arabischen Welt aus, dann folgte der restliche Globus.

Trotz dieses journalistischen Erfolges hing er nun weniger erfreulichen Gedanken nach. Das zweite Textfragment mit dem Jesus-Zwilling ging ihm nicht aus dem Kopf. Unterdrücken wollte er diese Nachricht keinesfalls, sonst könnte er als Journalist nicht mehr in den Spiegel gucken. Morgen würde darüber sein Artikel im Oste-Kurier erscheinen, mit einer Kopie des Originals und dem Hinweis, dass ebendieses Original verschwunden wäre.

Mal abwarten, ob es einen ähnlichen Medienwirbel auslöst wie der Pharao, denn immerhin werden Grundmanifeste des Christentums erschüttert, dachte er. Möglich wäre es. Ebenfalls abzuwarten wäre auch, ob die investigativen Edelfedern der großen Blätter und Medien das verschwundene Original, anhand dessen sich allein die Echtheit nachprüfen ließe, so einfach hinnehmen. Er selbst nahm sich vor, dieser Angelegenheit als journalistisches Trüffelschwein beharrlich nachzurecherchieren. Und wenn er das Erzbischöfliche Palais des Kardinals und den Dom in Köln umgraben müsste sowie die Vatikanischen Gärten des Bischofs von Rom, zugleich Pontifex Maximus.

Eigentlich eine wunderbare und angemessene Aufgabe für einen Lokalreporter aus Norddeutschland, dachte er dann schmunzelnd, auch wenn ihn einige für verrückt erklärten.

Seine Stimmung hellte sich auf, als er die Online-Ausgabe der Nordwest-Zeitung am Laptop las. Das Landesmuseum für Kunst- und Kulturgeschichte im Oldenburger Schloss konnte einige langersehnte Werke ankaufen, für die bisher immer die Finanzmittel gefehlt hatten. Ein großzügiger Mäzen hatte dies ermöglicht, der aber ungenannt bleiben wollte.

Eine ähnliche Meldung konnte sich Amandus in den nächsten Tagen vorstellen. Ein ungenannt bleibender Spender hätte „Reporter ohne Grenzen“ eine beträchtliche Summe zukommen lassen, um damit gefährdete Lokaljournalisten in sogenannten Entwicklungsländern zu unterstützen, da über neunzig Prozent der weltweit ermordeten Journalisten Lokalreporter sind. Es wären auch Stipendien für junge

Journalisten bei Medien, Journalistenschulen oder in Pressestellen von internationalen oder humanitären Organisationen in Entwicklungsländern möglich.

Kapitel 31

Amandus Abendroth hatte eine weiße Papiertischdecke über den großen Holztisch in seiner Küche gezogen. Dann begann er, den Kaffeetisch zu decken, und Anke Tiedemann half ihm dabei. Es genau umgekehrt zu betrachten, wäre sicher auch nicht falsch gewesen. Amandus freute sich auf eine gesellige Runde, die seinen Tisch mal wieder füllte. Er zählte die Kaffeegedecke durch.

„Zwölf. Wie für die Apostel gedeckt. Fehlt nur noch meins in der Mitte oder am Kopfende."

„Nun heb mal nicht ab, auch wenn du eine tolle Exklusivgeschichte in deinem Käseblatt veröffentlich hast."

„Einen Scoop nennt man das in Journalistenkreisen. Der bekannte rasende Reporter Egon Erwin Kisch hat es in seinem Buch ‚Marktplatz der Sensationen' auch als Solokarpfen bezeichnet."

„Ob Scoop oder Karpfen, könntest du mal den Butterkuchen schneiden und auf die Platten verteilen?"

„Wird gemacht."

Um den Kaffeetisch hatte sich eine illustre Schar versammelt und unterhielt sich lebhaft. Albert Asmuss, der Galerist und Maler Jochen Knaus aus Cuxhaven sowie zwei weitere Likedeeler griffen beherzt zu. Erika Meibohm, Dr. Marwan Alimohammed, Professor Josephine Delacroix, Mohammed und Sabrina hatten es sich auf den uneinheitlichen Holzstühlen bequem gemacht. Anke Tiedemann stellte eine hübsche, interessante Frau als Direktorin des Natureums und einen seriösen, weißhaarigen Herrn als emeritierten Professor für Ägyptologie und ehemaligen Museumsdirektor aus Berlin vor. Amandus bat um Aufmerksamkeit, die sich nach geraumer Zeit auch einstellte.

„Wie ich erfahren habe, plant das Natureum eine Ausstellung über Schätze vom Nil, die in der Elbe versunken sind."

„Richtig", bestätigte die Leiterin des Küstenmuseums Natureum Niederelbe, die ebenso kompetent wie charmant wirkte. „Wir hatten die Ausstellung mit den Stücken geplant, die 1822 nicht mit der Gottfried untergegangen, sondern an den Ufern der Elbe und Oste angeschwemmt wurden und der Wissenschaft bekannt sind. Und erhalten blieben. Andere Informationen wollten wir auf Schautafeln darstellen. Vorbereitet wird es in Zusammenarbeit mit dem Ägyptischen Museum in Berlin ..."

„... was jetzt wieder Neues Museum heißt, worin die ägyptische Sammlung untergebracht ist", warf sanft korrigierend der Professor für Ägyptologie ein. Sie nickte nur freundlich lächelnd und fuhr souverän fort: „Die Ausstellung wird jedenfalls bereits jetzt sehr attraktiv. Wenn wir aber auch den Sarkophag und die Goldmaske des Pharaos ausstellen könnten, wäre es eine unglaubliche Bereicherung, was sage ich, eine Sensation ersten Ranges. Es würde auch die Besucherzahlen positiv beeinflussen, was dem Natureum guttäte."

„Zur Eröffnung wäre sicher die Weltpresse anwesend, angeführt von Al Ahram, Al Dschasira und El Arabija", schwelgte Amandus. „Und ins Natureum würde die Ausstellung bestens passen, weil die Gottfried ganz in der Nähe gesunken ist."

„Eben." Der Kommentar der Natureums-Chefin war knapp und präzise.

„Al Ahram würde mit Sicherheit aber auch die Restitution fordern, also die Rückführung der Kulturgüter nach Ägypten. Was ich auch vollkommen richtig finde."

Etliche am Tisch zeigten durch Kopfnicken ihre Zustimmung zu den Worten Dr. Marwan Alimohammeds. Es gab aber einen Einwand eines Likedeelers, der den meisten als Arzt aus einem arabischen Nachbarland Ägyptens bekannt war, schon lange an der Nordseeküste wohnte und sich dort einen Namen als Bildhauer gemacht hatte.

„Auch ich bin der Meinung, dass diese Kunstschätze dem Ägyptischen Museum in Kairo übereignet werden müssen. Alle, auch diejenigen, die Amandus sonst noch gefunden hat, und die, die möglicherweise noch von der Gottfried geborgen werden können. Das sollte man in einem Vertrag festhalten, aber mit der Rückgabe warten, bis sich die unruhige und instabile Lage nach dem arabischen Frühling in Ägypten beruhigt hat und übersichtlicher geworden ist. Bis dahin können die Stücke hier noch aufbewahrt und ausgestellt werden."

„Nach der Ausstellung im Natureum wäre unser Museum dafür bestens geeignet", bot der Berliner Ägyptologe an. Dieses sicher nicht selbstlose Angebot brachte Marwan in Rage.

„Das könnte euch wohl so passen. Seit Jahrzehnten fordern wir die Rückgabe der Nofretete, aber Sie weigern sich beharrlich, dieses einzigartige archäologische Beutestück herauszugeben."

„Das ist kein Beutestück. Die Nofretete wurde legal erworben. Das hat kürzlich wieder unser Kulturstaatsminister festgestellt."

„Was der deutsche Kulturstaatsminister sagt, ist an moralischer Verwerflichkeit nicht zu übertreffen." Die Genfer Professorin und Altertumswissenschaftlerin Josephine Delacroix hatte sich eingeschaltet. „Er lehnt die Restitution der Nofretete ab, weil sie angeblich jeder Grundlage entbehrt. Und fügt meistens noch zynisch hinzu, dass die Nofretete die schönste Botschafterin ägyptischer Kunst und Kultur in Deutschland sei."

„Frechheit!" und „Unverschämtheit!" lauteten die Kommentare aus der Kaffeerunde.

Die Schweizerin fuhr fort: „Von wegen legal. Als der deutsche Archäologe Ludwig Borchardt Anfang des 20. Jahrhunderts in Tell el-Armana die Nofretete ausgrub, herrschten in Ägypten die Engländer, und die Franzosen waren für die Altertümer zuständig. Borchardt hatte den damals zuständigen Franzosen über die Brillanz der Nofretete getäuscht und den Eindruck erweckt, als ob eine Altarstele ein bedeutenderes Fundstück wäre, welches dann im Zuge der damals üblichen Fundteilung in Ägypten verblieb. Und die Nofretete kam nach Berlin."

„Ich habe mit meinem Botschafter in Berlin telefoniert und mit ihm über die Angelegenheit gesprochen", sagte Marwan. „Er rief mich heute Mittag zurück. Gegen eine zeitlich befristete Ausstellung im Natureum gibt es keine Einwände, sofern die Sicherheit gewährleistet ist. Weiterhin hat er mit dem deutschen Auswärtigen Amt gesprochen, das bei den arabischen Revolutionen einiges versäumt hat, um es diplomatisch auszudrücken, was es nun auszubügeln gilt. Zumindest für diese Fundstücke von der Gottfried ist eine Rückgabe vorgesehen, und ein Vertrag wird vorbereitet."

Fast alle am Tisch beglückwünschten Marwan und drückten die Hoffnung aus, dass es ein anständiger und korrekter Vertrag würde. Nur der Berliner Professor der Ägyptologie schien an dieser Nachricht stärker zu kauen zu haben als an seinem Stück Butterkuchen. Er verabschiedete sich bald wegen anderer Termine. Es wurde noch ein fröhlicher und geselliger Abend, zumal Amandus noch einen Pizzaservice angerufen und einige Flaschen Rotwein aus dem Keller geholt hatte, dem nicht nur die die Likedeeler zusprachen.

Als die letzten Gäste gegangen waren und Amandus mit Hilfe von Anke, oder umgekehrt, die Küche aufgeräumt hatte, fühlte er sich gut und Anke offensichtlich auch.

„Willst du nach Hause fahren, oder dürfte ich dir mein Gästezimmer anbieten?“

„Meine Mutter ist bei den Kindern, also nehme ich gerne das Gästezimmer.“

Es knisterte spürbar, als Amandus das Licht in der Küche löschte und sie sich über die Treppe in die oberen Gemächer aufmachten.

Reinhold Friedl im Schardt Verlag

ISBN 978-3-89841-189-9, Br., 255 Seiten, 12,80 Euro

ISBN 978-3-89841-540-8, Br., 208 Seiten, 12,80 Euro

ISBN 978-3-89841-380-8, Br. 188 Seiten, 12,80